新注和歌文学叢書 11

御裳濯河歌合 宮河歌合 新注

平田英夫 著

青簡舎

目次

凡　例

一、本書は西行の『御裳濯河歌合』『宮河歌合』に注釈を施したものである。底本には、『御裳濯河歌合』が内閣文庫本（二〇一―二五五　久保田淳編『西行全集』底本）、『宮河歌合』が東京大学国文学研究室蔵本（中世―一一―一七―二）を用いた。

一、歌の注釈は一番ごとに施す。まずその番全体の〔本文〕を示した後、〔校異〕〔現代語訳〕〔他出〕〔語釈〕を順に記し、最後に番全体をまとめるかたちで〔補説〕を記した。なお〔校異〕〔他出〕等がない場合には、「ナシ」とした。

一、〔本文〕は、通行体の文字を使用し、仮名遣いは、歴史的仮名遣いを用いた。濁点・句読点・送り仮名・返り点を補い、読みやすさを考慮して適宜漢字をあてた。なお漢字をあてた箇所にはルビを付した。

一、校本については、『御裳濯河歌合』が中央大学図書館本（新編国歌大観底本）、永青文庫蔵本、『宮河歌合』が永青文庫蔵本、中央大学図書館本（新編国歌大観底本）をそれぞれ使用した。

一、〔校異〕について

（1）　底本の本文を改めた場合は〔校異〕にその旨を記した。

（2）　漢字、仮名遣い、送り仮名の差異については記さなかった。

一、〔他出〕について

（1）他出の掲載順は、勅撰和歌集、私撰集、西行物語・撰集抄といった散文作品類、定家八代抄といった秀歌撰、その他とした。なお他出に掲載した作品を以下にあげる。（勅撰集、西行各家集は省略）
月詣和歌集・玄玉和歌集・御裳濯和歌集・万代集・夫木和歌抄・閑月集・治承三十六人歌合・唯心房集・西行物語（文明本）・撰集抄・宝物集・古今著聞集・保元物語・平家物語・源平盛衰記・百人一首・百人秀歌・定家八代抄・八代集秀逸・詠歌大概・近代秀歌・時代不同歌合・定家十体・自讃歌

（2）題や詞書において前歌のものが掛かっていると判断した場合には（　）にて、その題を示した。↓例・「（春の歌とて）」。なお「題知らず」については省略し、『西行法師家集』については、題および詞書を省略したものがある。

（3）底本を他本によって改めた場合は、他出の校異については改めた本文によった。

一、語釈・補説等にて引用する西行の和歌は、『山家心中集』（伝冷泉為相筆本）、「贈定家卿文」が『西行全集』により、それ以外の和歌および歌番号は『新編国歌大観』によった。適宜、漢字、清濁を付し、詞書等、不必要と判断した場合は省略した。和歌以外の本文は、『新日本古典文学大系』『新編日本古典文学集』等を、適宜、利用・引用した。

一、虫食い等にて判読不可能の場合には□にて記す。

一、〔補説〕では、その番全体の解説、歌の宗教的および思想的背景の解説、研究史といった〔語釈〕では扱いにくいことを記した。

一、御裳濯河歌合の一番歌と判詞との間に俊成による「序文」が挿入されているが、この箇所については便宜上〔Ⅰ〕～〔Ⅳ〕に分けて、校異・現代語訳・語釈を付した。

一、宮河歌合については結番の後に定家による跋文が付されているが、この箇所については便宜上〔Ⅰ〕〜〔Ⅳ〕に分けて、校異・現代語訳・語釈を付した。
一、歌の歌頭には便宜上、数字にて歌番号を付した。
一、和歌については、御裳濯河歌合底本が二行書き、宮河歌合底本が一行書きであるが、一行書きに統一して翻刻する。
一、御裳濯河歌合では、「番」と「左」は同行に書かれている。また概ね「番」は歌頭より2字上げで、「左」「右」は歌頭より1字、もしくは2字下げとなっていて、「判詞」は歌頭より2字下げとなっている。宮河歌合では概ね、「番」は歌頭と同位置となっており、「左」「右」「判詞」がそれぞ歌頭より3字下げとなっている。「番」「左」「右」「判詞」の位置については両宮歌合で統一することとして、歌頭を基準として「番」は1字下げ、「左」「右」についてはそれぞれ3字下げ、「判詞」は2字下げとする。なお「序」(御裳濯河歌合)と「跋文」(宮河歌合)については文字下げなしに翻刻する。
一、注釈にて、先行文献や注釈書類を引用した場合には、その都度、文献情報を記すが、次のものに関してはそれぞれ矢印以下の略表記を用いた(刊行年・出版社は参考文献一覧参照)。
窪田章一郎「御裳濯川歌合の研究」〈槻の木〉→窪田注
窪田章一郎「宮川歌合の研究」〈槻の木〉→窪田注
久保田淳『新古今和歌集全評釈』全九巻(講談社)→久保田注(全評釈)
久保田淳『新古今和歌集』上・下(角川ソフィア文庫)→久保田注(ソフィア文庫)
武田元治『西行自歌合全釈』→武田注

井上宗雄「御裳濯河歌合」（新編日本古典文学全集『中世和歌集』）→井上注
井上宗雄「宮河歌合」（新編日本古典文学全集『中世和歌集』）→井上注

一、注釈末には、両宮歌合の解説ならびに「参考文献一覧」「初句索引」を付した。

注釈

御裳濯河歌合　西行　判者俊成卿

一番

左持　山家客人

1 岩《いは》戸あけし天《あま》つみことのそのかみに桜《さくら》をたれか植《う》ゑはじめけん

右　野径亭主

2 神路山《やま》月さやかなるちかひにて天《あめ》の下をば照《て》らすなりけり

〔序〕

〔I〕豊葦原《とよあしはら》のならひとして、難波津《なにはづ》の歌は人の心をやるなかだちと成《な》りにければ、是を読まざる人はなかるべし。しかあれど、よしとはいかなるをいひ、あしとはいづれをさだむべきと、我も人も知《し》るところにあらざるものなり。その故《ゆゑ》は、あをによし平城《なら》の帝《みかど》の御時撰《おんときえら》び置《お》かれたる万葉集《まんえふしう》は、世もあがり人の心もおよびがたければしばらくおく。それよりこのかた、紀貫之《のつらゆき》、凡《おほし》河内の躬恒《みつね》らが撰《えら》びつるところの古今集《こきんしう》こそは歌のもとゝは仰《あふ》ぐべきことなるを、同《おな》じ集の歌をもあるは絵《ゑ》にかける女にたとへ、しぼめる花の匂ひのこるによそへ、あるは商人《あきびと》のよきゝぬを着《き》たるにたとへ、田夫《でんぶ》の花の陰《かげ》に休《やす》めるがごとしといへり。これらの心を思《おも》ふに、撰集はさま〴〵の歌の姿をばわかず、その筋《すぢ》にとりてよろしきをばとりえらべるなるべし。かの時《とき》より後、四条大納言公任卿、さま〴〵の歌の道《みち》をみがきて、あるは十あまり五つがひの歌合、あるは三十あまり六の歌人をたゝかはしめ、九品《しな》の歌をさだめたり。これすなはち、多《おほ》くは古今集のうちの歌を、有るをば上が上品《ほん》にあげ、あるをば下が下品《ほん》におけり。これらの類《たぐひ》は疑の心もむすぼゝれぬべけれど、先達《せんだち》のことばおよぶところにあらず。今《いま》の世の人は、歌のよしあしを言《い》はんにつけて、境《さかひ》に入り入《い》らざる程《ほど》を知《し》らざるものなり。

〔II〕抑、歌合といふものは上古《じやうこ》にもありけんを、しるし伝《つた》へざりけるにや。亭子の帝《みかど》の御ときよりぞしるしおかれたれど、ある時《とき》は勝負《かちまけ》をつけられず、あるをりは勝負《かちまけ》をばつけながら判の詞《ことば》はしるされず。村上《むらかみ》の御時《とき》、天徳の歌合《あはせ》よりぞ判の詞《ことば》はしるされてより後《のち》、永承、承暦の歌合ならびに私《わたくし》の家《いゑ》にいたるまで、勝負《かちまけ》をつけしるすことになりにける。これによりて今の世に及ぶまで、あるは仏寺によせて結縁《けちえん》と称《せう》し、あるは霊社によせて神威をかりて、つがひをむすび、判を受《う》けしむるあひだ、かつはいまの愚老にいたるまで、かたのごとくふるきあとを学《まな》びつゝ、およばぬ心にまかせて、勝負《かちまけ》をさだむること、すでに数《かず》なくなりにけん。

〔III〕つら〳〵此事を思《おも》ふに、かつは此道《みち》の先賢の亡《な》きかげにも見およばれんこと、其の恥《はぢ》かぎりなし。いかにいはんや、住吉《すみよし》の明神よりはじめたてまつりて、照らしみそなはすらんこと、そのおそれいくそばくぞや。しかるのみにあらで、齢《よはひ》かたぶき老にのぞみて後《のち》は、朝《あした》にみること夕《ゆふべ》に忘《わす》れ、宵《よひ》のむしろに思ふ事、暁《あかつき》の枕にとゞまる事なければ、ふるきときの証歌、今《いま》の世の諸作、見《み》ること聞《き》くこと、ひとつも心にのこすことなし。よつて近《ちか》き年《とし》よりこのかた、ながくこのことを断《た》ち終《をは》りにたれども、上人円位壮年《しやうねん》のむかしより、たがひにおのれを知《し》れるによりて、二世の契《ちぎ》りをむすび終《をは》りにき。各《をのく》老にのぞみて後《のち》の離居は山川を隔《へだ》てたりといへども、苔《こけ》の芳契は旦暮に忘るゝ事なし。そのうへにこれは余《よ》の歌合《あはせ》の義にはあらざるよし、しゐて示《し》めさるゝ、おもむきを伝《つた》へたてまつるによりて、例《れい》の物おぼえぬ僻ことゞもをしるし申すべきなり。さてもかやうの事《こと》のつゐでには、あはれに思《おも》ひつゞけられ侍ることをも、とめがたくてなん。

〔Ⅳ〕むかし天承、長承のころほひより、かたのごとく此道《みち》にたづさひて、ある時《とき》はこやの山の花のもとにつらなり、ある時《とき》は雲井の月の前《まへ》に見《み》なれし輩《ともがら》、今《いま》はみな昔《むかし》の夢《ゆめ》にのみなりぬる世に、人数《かず》にもあらず、桑門の捨《す》て人となりながら、いまゝで世にながらへて、かやうのすゞろごとも書《か》きつけ侍るにつけて、竹の窓に露しげく、苔《こけ》の袂もしぼりあへがたくて侍るを、かゝる藻屑《もくづ》のみだれたる言《こと》の葉《は》ながら、かけまくもかしこき神風のつてに、みもすそ川の汀、玉串《ぐし》のかげにも散《ち》り侍らば、大内人の中にも、おのづから露のあはれはかけられ侍らんや。

一番《ばん》のつがひ、左《ひだり》の歌は、春《はる》の桜を思《おも》ふあまりに、神代《よ》の事《こと》までたどり、右《みぎ》の歌は、天《あめ》の下をてらす月を見て、神路山のちかひと知《し》れる心、ともに深《ふか》く聞《き》こゆ。持とすべし。

【校異】 内題等　〇西行―ナシ（中）。〇判者俊成卿―ナシ（中）。
1〇勝負付け―ナシ（永、以下の歌にも同じく勝負付けなし）。〇あまつみこと―あまつみとり（永）。
2〇ちかひにて―ちかひありて（中）。ちかひありて《にてイ》（永）。

序〔I〕○とよあしはらの―とよあしはらのくにの（中・永）。○しかあれと―しかはあれとも（中）。しかあれも《と》（永）。○いかなる《を》いひ―いかなるいひ（永）。○さたむへき―さたむへしとは（中・永）。○ならのみかと―底本「ならのみやこ」を中大本により改める。ならの都（永）。○おんとき―底本「とき」を中大本にて改める。時（永）。○人の心も―人の心（永）。○えらひつる―えらへる（中・永）。○こそは―をこそは（中）。「こ」の横の書き入れ「をイ」を消す（永）。○おなし集の歌をも―同集のうちのうたをも（中）。同集の内の歌をも（永）。○あるは―あるひは（中・永）。○かける―底本「かけり」を中大本・永青文庫本にて改める。○のこる―のこれる（中）。○あるは―或は（中）。あるひは（永）。○よき、ぬを―よききぬ（中）。○にたとへ―といひ（中・永）。底本「たとへ」は補入。○てんふの花のかけ―田夫《花の》のかけ（永）。○うたの―うた（永）。○わかすそのすちにとりてよろしきをは―ナシ（中）。○よろしきをは―よろしきは（永）。○かのときより後―彼時より（中）。○公任―底本「公住《任》」。○さま〳〵の歌の―さま〳〵歌を（中）。○みかきて―みかき（中）。○歌合―歌を合せ（中）。歌をあはせ（永）。○六の―六つかひの（中・永）。○たゝかはしめ―底本「たゝひしめ」を中大本・永青文庫本により改める。○これすなはち―此等則（中）。○古今集―古今集上《等イ》（永）。○あるをは―ある《て》をは（永）。○疑の心も―疑心も（中）。疑心（永）。○ことは―ことの葉（中）。○いはんに―いふに（中）。○さかひ―そのさかひ（中）。○知らさる―しらるる（中）。

〔II〕○しやうこにも―上古には（中・永）。○ありけんを―ありけんと（永）。○つたへさりけるにや亭子のみかとの御ときよりそしるし―ナシ（中）。○勝負―勝劣（永）。○しるされす―しるさす（中）。○村上の―村上（中）。○しるされてより―しるされて（中）。かきしるされて（永）。○永承承暦の歌合―永承々暦等の内裏の歌合（中）。○つけしるすことになりにける―しるすことに成りにたり（中）。○これによりて今の世に及ふまて―底本・永青文庫本ナシ。中大本により補入。○仏寺―仏事（永）。○けちえんとせうし―結縁を称し（永）。○霊社―霊祐《社》（永）。○かりて―かこつ（中）。かけて（永）。○うけしむる―かけしむる（中）。○ふるきあと―ふるき所（中）。

〔Ⅲ〕○見をよはれんこと—おもはむ事（中）。○すみよしの—住吉（中）。○其をそれ—底本「そのおもひ」を中大本により改める。「をそれ」（永）。○しかる—しかある（中）。○みる—思ふ（中）。○ゆふへに—夕には（中）。○よひの—夜はの（中）。夜半にの（永）。○枕に—まくらには（永）。○とゝまる事—底本「はるゝこと」を中大本にて改める。ときるゝ《まる事》と（永）。○ふるきときの証歌—ふるき証歌《時ノイ》（永）。○心に—こゝろの《に》（永）。○のこす—のこる（中・永）。○よつて—よりて（中・永）。○たれとも—たれと《も》（永）。○上人—今上人（中）。○しやうねん—帖《壮》年（永）。○むかしより—むかし（中）。○老にのそみて後の離居は—底本「老にのそみてのちかの離居は」を中大本により改める。彼《後イ》離居（永）。○へたてたり—隔（中）。へたつ（永）。○こけの—むかしの（中）。○義には—儀に（中）。○たてまつる—承る（中）。うけ給（永）。○ことのつゐてに—ことのおもふやうのことのつゐてに（永）。○ことをも—ことも（中）。○とめかたく—とゝめかたく（中）。

〔Ⅳ〕○天承—天永（中）。○ころほひ—法《比》をひ（永）。○此みちに—底本「此みちも」を中大本にて「も」を「に」に改める。○たつさひて—「て」欠字（中）。○あるときは—或は（中）。○いまはみな—今は（永）。○人かす—人のかす（中・永）。○桑門—桑の門（中）。○なからへて—まかひて（中）。○ことも—ことをも（中・永）。○つけて—つけても（永）。○袂もしほり—たもとしほり（中・永）。○しほり—底本「しほる《り》」。○あへかたくて—あへかたく（中・永）。○かゝるもくつの—かゝるもて《くつ》（永）。○みたれたる—みたれ（永）。○かけまくも—かけさへも（永）。○玉くしのかけ—玉くしのはのかけ（中）。○あはれは—あはれ（永）。○かけられ侍らんや—かけられんや（永）。

判詞　○一番の—底本・永青文庫本は、序文と判詞の改行なし。中大本により改行する。○左の歌は—左の歌（永）。○あまりに—あまり（中・永）。○ことまて—ことさ《ま》て（永）。○たとり—底本「たより」を中大本・永青文庫本により改める。○右の歌—右歌（中・永）。○ちかひと—ちかひを（中・永）。○しれる心—しれるは（永）。○ふかくきこゆ—ふかき《く》こゆ（永）。

〔現代語訳〕

1 （天照大神が）天の岩戸を押し開いてその姿を現し、高天原の神々が宴を開いた遙か昔のその時に、桜の花を、一体誰が植えはじめたのだろうか。

2 神路山の月は、（その太古の昔に天照大神が、日月となり、清らかに世を照らすという）誓いがあって、今、このように天の下を照らしているのだな。

序〔Ⅰ〕豊葦原の国の習俗として（古代に難波津の歌が詠まれて以来）、和歌は、人の心を交流させる媒となったので、これを詠まない人はいません。そうではありますが、（葦というものについて）「よし」とはどのようなものをい い、「あし」とはどれだと定めてよいのか誰も知らないように、歌の善し悪しについては私も世の人も知るところではないのです。その理由としては、奈良の帝の御時に撰ばれた万葉集は、時代もさかのぼり、人の心のあり方も理解しがたいのでしばらくは判断を置いておきます。それ以来のことですが、紀貫之、凡河内躬恒等が撰んだところの古今集こそは歌の基本として仰ぐべきことでありますが、同じ集の歌の中でも、或いは、（歌の姿を）絵に描いた女に譬え、凋んだ花の残り香になずらえ、或いは、商人のよい衣を着たようだと言い、農夫の花の陰に休んでいるようだといっています。これらの意図を思うに、撰集とは様々の歌のすがたを区別せずに、それぞれのスタイルの中でよくできた作品を選び取っているのでしょう。古今集の時代より後、四条大納言公任卿は、様々の歌の道を極め明確にして、或いは十五番の歌合を、或いは三十六人の歌人たち（の歌）を戦わして、（そして）九品の歌を定めました。和歌九品は、すなわち多くは古今集の中の歌を、ある歌を上の上品の範疇に入れ、ある歌を下の下品に置いています。このような類のものは（歌の品の判定について）疑念の心も生じてきますが、先達の判断は（私にとっては）及びがたいものがあります。今の時代の人は、歌の善し悪しを判断するにつけて、その歌がどの（品の）範疇に入っているのかいないのかについての程度を判断できないのです。

〔II〕そもそも歌合というものは上代にも存在したものを記し伝えなかったのでしょうか（残っていません）。宇多天皇の御代から記し置かれたものが残されていますが、ある時は勝負を付けられず、ある時は勝負は付けながら、判詞は記されていません。村上天皇の御代の、天徳内裏歌合より判詞が書き記されて後、永承・承暦の歌合ならびに個人の家で行われた歌合にまで勝負を付け記すことになったのです。このような訳で今の世に至るまで或いは仏寺に寄せての結縁と称して、或いは霊社に寄せて神威を借りるというかたちをとって、歌の番を結び、（歌合の）判を付けさせましたので、一方では、今の私のようなものに至るまで、型にそって古き跡を学びながら、及ばぬ心に任せまして勝負を定めますことすでに数え切れなくなってしまいました。

〔III〕よくよくこのことを思いますに、一つには、すでに亡くなった歌の道の先賢たちが、（あの世から私の判詞を）見及ばれますことに対する恥ずかしさは限り知れないものがあります。ましてや住吉明神をはじめまして（神々が）御照覧されますこと、その畏れ多さはどれほどのことでありましょうか。それればかりではなく、年齢が過ぎて、老いに臨んだ後では、朝に見たことは夕べに忘れ、夜半の床にて思うことは暁の枕には記憶がないほどですので、古い時代の証歌や今の時代の（和歌についての）諸々の決まり事について、見ること聞くこと、一つも心に残ることがありません。そういうことで近年以来、長く判詞を記すことは断っていましたが、円位上人につきましては壮年の昔からお互いによく知った仲でありまして、すでに（現世から来世に至るまでの）二世の契りを結び終わっています。それぞれが老いに臨んで後、住処は山河を遠く隔ててしまったと言いましても、昔からの親交は朝夕に忘れることがありません。その上にこれは他の歌合とは性質が異なっている由を、強く示される趣旨を伝え承っていることもありますので、例のごとく、物事の道理もよくわきまえていない僻事などを記し申すのです。それにしても、このようなことのついでに、しみじみと思い続けていたことをも抑え難くて、つい書き記してしまいました。

〔IV〕昔、天承・長承の頃より、形ばかり歌の道に関わって、ある時は、仙洞御所の花の下に連なり、またある時は、宮廷の月前（の歌会）にて見馴れていた歌人たちも、今は皆、昔の夢のようにのみなってしまいました世に、人の数にも入らず、ただ桑門の世捨て人となりながら、今まで生きながらえて、このようなとりとめもないことを書き付けるにつけましても、（閑居の住処の）竹の窓辺に露がしげく置き、僧衣の袂も絞り切ることができないほど涙で濡れそぼっているほどですが、このような藻屑が乱れたような私の言の葉ながらも、口にかけても畏れ多い神風のゆかりで、御裳濯川の水際（に運ばれ）、玉串の下陰にでも散り置くようなことにでもなりますならば、神官の中にも自ずから僅かな情けを、露のようにかけられる方もいらっしゃるのではないでしょうか。

判詞　一番の結び、左の歌は、春の桜を思うあまりに神代のことまでさかのぼって考え、右の歌は、天の下を照らす月を見て、（日月が世を照らすという）神路山における神々の誓約を知る心、ともに深く思われます。持とすべきです。

〔他出〕　1西行法師家集・六〇五、「みもすそ川のほとりにて」。御裳濯集・春中・一二五、「（内宮にまうでて侍りけるに、さくらの宮の花をみてよみ侍りける）」。万代集・春下・二七九、「花歌とて」。西行物語・九七・初句「いはとあけて」。

2新古今集・神祇・一八七八・三句「ちかひありて」。西行法師家集・六〇二・三句「かひありて」、「神路山にて」。御裳濯集・秋上・三八六、「内宮にまうでて月をみてよみ侍りける」。西行物語・九二・三句「ちかひありて」。

〔語釈〕　1**〇山家客人**　山中の庵に住む桜を愛する遁世者をイメージさせる名称。**〇岩戸あけし**　高天原の天の岩戸神話をいう。世のはじまりという意識でも用いる。「榊とりゆふしで遊ぶ冬の夜は天の岩戸もあけぬべきかな」（堀河百首・神楽・一〇四三・国信）。**〇天つみこと**　天津尊。高天原の神々をいう。『東大寺衆徒参詣伊勢大神宮記』「御示現事」に「けふこそはあまつみことのはじめなれあしかびもまたいまぞみゆらん」とあることと関連があろう。これは東大寺再興に及ぶ重源一行の伊勢神宮参宮が行われた後に、重源の弟子生蓮の夢の中で提示された託宣歌で、「今日こそはじめ」と詠むこの歌について阿部泰郎氏は「大仏の再興とともに大神宮も始源より創生されることを言祝ぐ歌」（「聖なる声　―日本古代・中世の神仏の声と歌」『言語と身体―聖なるものの場と媒体』岩波講座　宗教5巻・平成一六年）とする。**○そのかみ**　ここでは高天原の時空間をさす。特に、天の岩戸が開き、世に日月が誕生した起源の時を意識する。**○桜をたれか…**　桜の樹が、日月のように高天原の神々との関連で現れた特殊な樹木であったことをイメージさせようとする。

2**○野径亭主**　左の山に対して、野辺に住む月を愛でる遁世者をイメージさせる名称を付ける。**○神路山**　内宮に鎮座する山。西行以前にはほとんど詠まれなかった地名。神路山の月は、三種の神器の神鏡をイメージさせ、その輝きは、皇統の繁栄と永続性を保証するシンボリックな風景として、荒木田神官たちによって詠みつがれていく。「神路山みしめにこむる花ざかりこはいかばかりうれしからまし」（西行法師家集・六一〇）。**○月さやかなる**　天照大神が約束した日月の恵みを、月の鮮やかな光で表現する。「さやかなる月日の影にあたりてもあまてる神をたのむばかりぞ」（拾遺愚草・二見浦百首・一八一）。なお中世神話では、『倭姫尊世紀』の冒頭の「天地開闢シ初、神宝日出デマス時、御饌都神ト大日霊貴と、予メ幽契ヲ結ビ、永ニ天ガ下ヲ治メ、言寿宣リタマフ。肆ニ或ハ月と為り日と為り、永ク懸つて落ちず。或ハ神ト為リ皇ト為ル、常ニ以テ窮り無し」（日本思想大系より）が示すように（新日本古典文学大系『新古今和歌集』の脚注にて、赤瀬信吾氏は、本歌と『倭姫尊世紀』の掲載部分との関連を指摘している）、外宮が月に、内宮が日になって、天下を照らすというバージョンが普通であるが、天照大神の恵みを月として表現する本歌はそれ以前の姿をあらわすものとして注目される。**○ちかひ**　天照大神が日となり月となり天下を照らすという約諾、誓約をいう。**○天の下**　高天原の下の世界をいう。神祇歌で詠まれる語。「けふまつる三笠の山の神ませば天の下には君ぞさかえん」（後拾遺集・雑六　神祇・一一七八・藤原範永）。

序〔I〕**○豊葦原の国**　日本の別称。古めかしい言い方で、原始の日本を意識させることで、和歌が天地開闢以来の日本の習俗であることをいう。新古今和歌集仮名序にも「やまとうたは、むかしあめつちひらけはじめて、人のしわざいまださだまらざりし時、葦原中国のことのはとして」として冒頭部に用いられる。俊成の意識のどこかにこの判詞が大神宮の眼に触れるという認識があるのでこのような畏まった言い方をする。**〇難波津の歌**　著名な古代の歌を引用して、古来から続いている和歌の別称のように用いる。古今和歌集仮名序で仁徳天皇にまつわる歌である「難波津に咲くやこの花冬ごもり今は春べと咲くやこの花」を踏まえる。難波津は現、大阪湾にあった港で、葦の風景が詠まれる。「豊葦原」からの連想も働いている。**〇よしとはいかなるをいひ…**　人の心の媒として存在する和歌に善悪の評価基準を持ち込んでよいのかという迷いを表明する。「よし」は「葦（あし）」の別称で、冒頭から「葦」に縁ある語で文章をつくる。**〇あをによし**　「あをによし」は奈良の枕詞。今となってはすでに意味がわからなくなった古代語を用いることで文章の格式を整える。**〇平城の帝の御時撰び…**　万葉集が奈良の帝の御時に撰じられたとするのは古今集仮名序に由来する考え方。具体的な天皇については当時でも議論があったが、俊成は『古来風体抄』にて聖武天皇の命により橘諸兄が編んだという説を提示している。**〇紀貫之、凡河内躬恒らが撰びつるところの…**　古今集が歌の規範であることをいう。はじめての神宮への奉納和歌という試みなので、神宮に対して和歌の歴史を示すという意識があろう。**〇絵にかける女に…**　古今集仮名序における六歌仙の評価「僧正遍昭は歌のさまはえたれどまこと少なし。たとへば絵にかける女を見ていたづらに心を動かすが如し。在原業平はその心あまりてことばたらず。しぼめる花の色なくて匂ひ残れるが如し。文屋康秀はことば巧みにてそのさま身に負はず。いはば商人のよき衣着たらむが如し。…大伴黒主はそのさまいやし。いはば薪負へる山人の花の陰に休めるが如し」を引用して、撰集における和歌の姿の多様さをいう。**〇四条大納言公任卿**　藤原公任。拾遺抄撰者。万葉集から古今集を経て拾遺集時代の和歌のあり方に話しを進める。公任を和歌の善悪を判断しようとした先達としてその名をあげている。**〇十あまり五つがひの歌合**　『前十五番歌合』をいう。藤原公任撰で、寛弘五年（一〇〇八）前後の成立。古今集時代の歌人を中心に十五番三十首を左右に配した歌合。**〇三十あまり六の歌人をたゝかひしめ**　『三十六人撰』をいう。藤原公任撰説が有力。寛弘六年から数年以内に成立。古今・後撰集時代の三十六歌仙の歌を集めた秀歌撰。**〇九品の歌をさだめたり**　『和歌九品』をいう。藤原公任撰。寛弘六年以降に成立。和歌を、上品・中品・下品に分け、さらにそれぞれのランクを上中下の三つに分けて、和歌の姿の順位化を試みたもの。**〇疑ひの心もむすぼゝれ**　「結ぼほれ」は、心が凝固することをいう。

(Ⅱ)**〇亭子の帝の御時より…**　「亭子の帝」は宇多天皇のこと。寛平御時歌合・是貞親王家歌合など、宇多朝から歌合の歴史がはじまったことをいう。**〇村上の御時、天徳の歌合よりぞ…**　村上朝に行われた天徳四年（九六〇）の内裏歌合のこと。判詞が記され、後の歌合の規範ともなる。**〇永承、承暦の歌合ならびに私の家にいたるまで…**　後冷泉朝においては内裏歌合から個人の家で催されたものまで、歌合では勝負付けと判詞を明確に記すことが普通になったことをいう。判や判詞は残っていないものもあるが、この時代には、永承四年（一〇四九）十一月九日の内裏歌合や承暦二年（一〇七八）四月二十八日内裏歌合といった内裏歌合から「私の家」での歌合まで、多くの歌合が催されている。**〇仏寺によせて結縁と称し、あるは霊社によせて神威をかりて…**　院政期頃より盛んに行われるようになった神仏への結縁・奉納歌合の類をさす。永久四年（一一一六）雲居寺結縁経歌合や大治三年（一一二八）住吉社歌合など。俊成自身も嘉応二年（一一七〇）住吉社歌合において判者をつとめている。

(Ⅲ)**〇この道の先賢の亡きかげ**　藤原公任といった歌道に名を残してきた先達たちのことに敬意を示す言い方。**〇住吉の明神**　和歌の神として祀られる。俊成は、千載集の仮名序にも玉津島と並べて住吉神を和歌の神として載せる。現存の宮廷社会の歌人たちではなく、すでに亡き先達や神々の眼を強く意識する。**〇老いにのぞみて**　俊成は、文治三年（一一八七）、七十四歳である。**〇証歌**　ここでは歌合における歌の表現の適合性を判じるさいの根拠となる古歌をいう。**〇上人円位**　ここでの「上人」は、西行を宗教者として敬う言い方。俊成は、千載集においては円位法師の名で西行を入集させている。俊成の西行への見方が示されていて興味深い。**〇近き年よりこの方…**　俊成が基本的には歌合の判詞を断っていたことが、藤原兼実の『玉葉』元暦元年（一一八四）十二月二十八日の慈円の詠歌の判をめぐる記述などによって知られる。**〇二世の契**　現世と後世にて上人と縁を結ぶこと。**〇苔の芳契**

昔よりの親友であることをいう。**〇余の歌合の義にはあらざるよし**　神宮に奉納する自歌合であるので特別に判詞をすることをいう。

(Ⅳ)**〇天承、長承のころほひより**　俊成が和歌の道に携わるようになった年次を示す。天承元年（一一三一）、長承元年（一一三二）に俊成は十八歳から十九歳。**〇はこやの山**　仙洞御所のことをいう。**〇雲井の月**　皇居をいう。**〇桑門の捨て人**　出家者をいう。俊成の出家は安元二年（一一七六）で六十三歳。**〇竹の窓**　閑居な生活いう。**〇もくづのみだれたることの葉**　判詞のことをいう。**〇かけまくも**　口に出して言うのも憚られること。神にかかわることなのでいう。**〇神風のつて…**　判詞の譬喩である葉が、神風に乗って、御裳濯河の水際に送られて玉串の陰に落ちることで、俊成の判詞が神宮へ奉納されていく過程を表現する。神宮にまつわる神聖な事物を連ねて結びとする。「玉串」は、榊に木綿を付けたもので神に捧げられるもの。**〇大内人**　大神宮の神官をいうか。**〇露のあはれ**　神官が、大神宮へ仲立ちしてくれることを期待していう。なお「露」は「葉」の縁語。

〔補説〕　一番から十番まで左に桜、右に月を詠んだ歌を配置する。左右に配された「山家客人」「野径亭主」は、宮河歌合の「三輪山老翁」「玉津島海人」ほどの強い神格性ではなく、『撰集抄』に描かれるような日本の野山に潜む聖や遁世者的人物、或いは神仙的な性格を持つものとして設定されている。西行自身の等身大の思いの籠もった名称でもある。神宮をめぐる豊饒な中世神話の幕開けを告げるような作品であり、注目される。日月や桜の由来や起源を思う神話的詩想は西行独特のものであり、彼が属していた当時の聖《ひじり》の世界観が、このような詩想を抱かせる背景にある。

二番

左持

3 神風に心《こゝろ》やすくぞまかせつる桜《さくら》の宮《みや》の花のさかりを

右

4 さやかなる鷲《わし》のたかねの雲井より影《かげ》やはらぐる月読《よみ》の杜《もり》

左《ひだり》、桜の宮、右《みぎ》の月よみの杜《もり》、又勝負《かちまけ》なし。猶《なを》持とす。

〔校異〕 3ナシ

4ナシ

判詞〇杜―植《森》（永）。〇又かちまけなし―勝劣なし（中）。また勝劣なし（永）。

〔現代語訳〕

3 神風には安心してお任せしよう。この桜の宮の花の盛りを。

4 清かな霊鷲山の高峰の天空よりその光を和らげて降り注いでいるのだな、この満月は。（月にゆかりがある）この月読の神が鎮座するこの杜に。

判詞 左の「桜の宮」と、右の「月よみの杜」は、勝劣がありません。やはり持とします。

〔他出〕 3続古今集・神祇・六九七・五句「花のさかりは」。西行法師家集・六〇九、「桜の御まへにちりつもり、風にたはるるを」。御裳濯集・春中・一二四、「内宮にまうでて侍りけるに、さくらの宮の花をみてよみ侍りける」。西行物語・一〇一・二句「こころやすくに」。

4新古今集・神祇・一八七九、「伊勢の月よみのやしろにまゐりて、月をみてよめる」。西行法師家集・六一二、「伊勢の月よみの社に参りて、月をみてよめる」。玄玉集・神祇・三八・三句「雲まより」。

〔語釈〕 3**〇神風** 神宮の地に吹く神の恵みをもたらす清涼な風をいう。桜の花を散らすという喪失を促す風ではなく、花の生命力を育むという意識があろう。**〇まかせつる** 桜の花の盛りを神風に委ねるという意。一般の春風とは異なるので言う。**〇桜の宮** 内宮の摂社の一つ。『皇太神宮儀式帳』に小朝熊神社の祭神の一つを「桜大刀自」と称することと関係があるか。御神体は「石」とする。坂十仏の『太神宮参詣記』には「桜の宮と申すは大宮の間近き処にましますが、御殿もなし。唯一木の桜を神体とすとうけたまはりをよぶばかりにて」とあり、また通海の『太神宮参詣記』には「次桜御前、是ハ一殿ノタツミノ方ニ桜木ニ向テ拝スル也。本縁ハイマダ勘侍ラネドモ、人ハ様々ニ申スメリ」として、小朝熊神社とは別のお宮として記している。謎が多い宮であり、詳細は不明。西行は一番左歌にて「桜をたれか植ゑはじめけん」と桜の起源を尋ねていて、ここでは、そのような原初の桜樹を祀る宮という認識があるか。

4 **〇鷲のたかね** 釈迦が法華経を説いた霊鷲山をいう。藤原公任あたりから法華経の釈教歌の歌ことばとして詠まれ、「霊鷲山の月」は、常住の釈迦の存在をシンボリックにあらわす。西行はそれを「高峰」として認識する。日吉社大宮の本地を詠んだ性憲の「いつとなく鷲のたかねにすむ月のひかりをやどす志賀の唐崎」（千載集・神祇・一二七六）は本歌の影響下に詠まれた作品か。**〇影やはらぐる** 和光同塵思想に基づく表現。強烈な仏の光が、日本の風土に合うようにその光を和らげて降り注いでいるとする。初句の「さやかなる」に対していう。「やはらぐる光や月にそへつらむ注連のうちには照りまさりけり」（住吉社歌合 嘉応二年・一六・藤原頼輔）など、「社頭月」の題にて、平安末期以降に詠まれる。**〇月読の杜** 内宮の別宮である月読宮。西行には、「月読の宮」を詠んだ「梢見れば秋にかはらぬ名なりけり花おもしろき月読の宮」（西行法師家集・六〇八）もある。治承四年（一一八〇）の遷都の時の歌として「月読の神し照らさばあだ雲のかかるうき世も晴れざらめやは」（千載集・神祇・一二七九・大中臣為定）も早い例で、神祇歌の地名として注目された。

〔補説〕 桜宮と月読宮をそれぞれ詠う。桜と月を愛した西行にとってはどちらも詩的感性を刺激される宮であった。西行は「風の宮」を詠んだ歌「この春は花を惜しまでよそならん心を風の宮にまかせて」（西行法師家集・六〇七）

も残していて、日本の自然現象に関連する宮に対する意識が強く示されている。桜の宮は、俊成も文治五年（一一八九）に「五社百首」にて「名をおもへ桜の宮に祈りみん花を散らさぬ神風もがな」（一〇）と詠んでいる。荒木田成延の「桜の宮」詠も拾玉集に見えていて、この宮も西行によってイメージを与えられ、形づくられて、歌の世界に持ち込まれたものであった。また桜を神々の浄土の事物として認識するという思想は、中世において、例えば那智参詣曼荼羅の浄土を彩る爛漫の桜の風景などに継承されていく。月読の杜に降り注ぐ月影も不可思議な歌で、天竺の鷲の高嶺があたかも神宮の地に出現して、その頂から月光が降り注いでいるという印象を与える。神宮の地に霊鷲山が聳えたつという中世の特殊な神仏の風景が提示されていて新しい。なおこのような神仏習合の風景というモチーフについても『慈鎮和尚自歌合』の以下のような作品に継承されていく。

大比叡十五番　一番　左持

志賀の浦の浪間に影をやどすかな鷲の深山に有明の月（慈円・一）

右

いにしへの鶴の林に散る花のにほひをよする志賀の浦風（良経・二）

三番

左勝

5　おしなべて花のさかりとなりにけり山の端《は》ごとにかゝる白《しら》雲

右

6　秋はたゞ今宵《こよひ》一夜の名《な》なりけりおなじ雲井に月はすめども

左《ひだり》の歌、うるはしく長《たけ》たかくみゆ。右の歌、これも姿《すがた》いとをかし。十五夜の月をめづるあまりに、今宵《こよひ》一夜の名《な》なりけりといへる、心ふかしといへども、猶《なを》のこりの秋《あき》をすてんこと、いかゞと聞《き》こゆ。左、こともなくうるはし。勝《まさ》るとや申すべからん。

〔校異〕 5○花のさかりと―花のさかりに（中・永）。
6○雲井に―底本「雲井の」を中大本によって改める。雲井の《に》（永）。○月はすめ―月はすむ《めイ》（永）。
判詞○左の歌―左歌（永）。○たけたかくみゆ―たけたかくみゆ《きこイ》（永）。○右の歌―右歌（永・中）。○すかた―歌のすかた（永・中）。○めつるあまりに―めつるあまり（中）。○まさるとや申へからん―勝と申へからん（永）。かつとや申へき（中）。

〔現代語訳〕
5 （周りの風景が）一様に花の盛りに成り変わったなあ。山の端ごとにかかる白雲よ。
6 （八月十五日の月を見ると思うのだが）秋という名はただ今宵一夜だけにあるのだなあ。明日からも同じ空に月がこのように澄んでいたとしても（それはもう秋ではないのだ）。
判詞 左の歌は、麗しく格調たかく見えます。右の歌は、これもまた歌の姿はたいへん趣深く見えます。十五夜の月を愛でるあまりに、今宵一夜が秋の見頃なのだというところは、物を愛する心が深いとは言えますが、やはりそれでも残りの秋の風情を捨ててしまうことは（極端すぎて）どうかと思われます。左の歌は、問題なく、麗しい姿で勝っていると申しあげるべきでしょうか。

〔他出〕 5千載集・春上・六九・二句「花のさかりに」、「（花歌とてよめる）」。山家集・六四、「（花の歌あまたよみけるに）」。西行法師家集・五〇・二句「花のさかりに」、「（花）」。山家心中集・七。治承三十六人歌合・九番右・一六九・二句「花の盛りに」、「花の歌あまたよみける中に」。御裳濯集・春中・一〇四・二句「花のさかりに」。定家八代抄・一〇〇・二句「花の盛りに」、「花の歌とてよめる」。詠歌大概・九・二句「はなのさかりに」。
6 山家集・三三四、「（八月十五夜）」。西行法師家集・二〇四、「（八月十五夜を）」。山家心中集・月・三八。玄玉集・時節歌下・四二七。御裳濯集・秋中・四〇三、「八月十五夜の心を」。

〔語釈〕 5 **〇おしなべて** 「花の盛り」が周りの山々すべてに行きわたった状態をいう。**〇山の端ごとにかかる白雲** 満開の桜が白雲のように山の稜線から浮き立つくらいに咲き誇っていることをいう。
6 **〇今宵一夜** 八月十五日の仲秋の名月なのでいう。
判詞**〇うるはしく長たかく** 端正で壮大な風景構成であることをいう。格調が高い歌に対して用いる。**〇姿** 歌全体の持つ情趣をいう。

〔補説〕 三番から世俗における桜と月の歌を合わせる。左の歌は花と白雲の見立ての型にそった伝統的な遠山桜の詠み方であり、晴の歌としての品格をそなえている。俊成も「うるはしく長たかくみゆ」とその点を評価して勅撰集にも入れている。それに対して、右の歌は八月十五日の満月の夜だけが秋というに相応しいとする極端な趣向が狙いで、八月十五夜の月に対する強い愛着が出ている。

四番

左持

7 なべてならぬ四方の山辺の花はみな吉野《よし》よりこそ種《たね》はとりけめ

右

8 秋になれば雲井の影《かげ》のさかゆるは月の桂《かつら》の枝《えだ》やさすらん

左右ともに心ありて聞《き》こゆ。たゞし、左《ひだり》、はじめの句、右《みぎ》、中の五文字《もじ》、殊《こと》に歎美のことばにあらずやあらむ。持なるべし。

〔校異〕 7○たねはとりけめ―種はちりけめ（中）。
8○秋になれは―底本「秋になれと」を中大本・永青文庫本にて改める。○雲井のかけ―雲井の月（永）。○さかゆるは―底本「さかゆるに」を中大本にて改める。さかゆ《行》るは（永）。○月のかつらの―月のかつらに（中・永）。
判詞○心ありて―心ありては（中）。○たゝし、ひたり―但、左の（中）。ナシ（永）。○右―右の（中・永）。○中の―ナシ（中）。中（永）。

〔現代語訳〕 7 普通のものではない（美しさである）四方の山辺に咲く桜の花は、すべて吉野の山の桜から種を採取して派生していったものだろうか。
8 秋になると、天空の光が豊かに充満するのは、月の桂の木の枝が伸びるからであろうか。
判詞 左右の歌ともに作者の心が歌に籠もっているように思えます。ただし、左の歌の初めの句「なべてならぬ」と、右の歌の「さかゆるは」の五文字については、（新しい表現を用いていますが）、特に誉め讃えるものにはなっていないのではないでしょうか。持であると思われます。

〔他出〕 7夫木抄・一〇八六・五句「種はちりけめ」、「家集」。
8ナシ

〔語釈〕 7**○なべてならぬ** 並々でない、特殊な花の光沢をいう。「あやめ草なべてならむを尋ねてぞ世にたぐひなき長き根はひけ」（堀河百首・菖蒲・三九六・永縁）など院政期以降の用例があり、西行にとってはそれほど新奇な表現という意識はなかったか。**○種はとりけめ** 吉野山を桜の故郷の一つと捉える思想があり、そこから桜の花が派生していくと考える。「種はちりけめ」とするものも多く、その場合は人工的に種を採取したというより、自然に散らばっていったとなる。

8 **〇月の桂**　伝統的な月の光をあらわす表現。古代中国の伝説で月には桂の木があり、それが紅葉をすることによって、秋には月の光が照り輝くと詠まれる。「ひさかたの月の桂も秋はなほ紅葉すればや照りまさるらむ」（古今集・秋上・一九四・忠岑）などがその後の規範となった歌。西行の場合は、紅葉ではなく、「枝やさすらん」と枝葉の繁茂によって光が増すとした点がねらい。**〇さかゆる**　枝が差し交わされ、光が増していくさまをいう。月光を「さかゆる」とするのは珍しい。祝賀の歌に用いられる歌ことば。

判詞**〇歎美のことばにあらず…**　「なべてならぬ」「さかゆるは」の両語を、新奇なことばだと認識していう。

〔補説〕　どちらも勢い盛んな事物に対して、その理由や由来を探ろうとするつくりの歌。左の「なべてならぬ」は、あえて説明的なことばを使用しており、右の「さかゆるは」は、祝い歌に用いる賞め言葉である。俊成はこの二語の用い方に西行のねらいがあることを見抜きつつ、それを認めぬとする。

五番

左持

9 思《おも》ひかへすさとりや今日《けふ》はなからまし花にそめおく色《いろ》なかりせば

右

10 身にしみてあはれ知《し》らする風よりも月にぞ秋《あき》の色《いろ》はありける

左《ひだり》のさとりや今日《けふ》はなからましといひ、右の月《つき》にぞ秋《あき》のといへる、心《こゝろ》姿《すがた》ともに同《おな》じ。又持とす。

〔校異〕　9○けふは―いまは（永）。10○身にしみて―身にしめて（中）。○ありける―みえける（中）。判詞○ひたりの―左（中）。○右の―右（中）。○あきのと―秋と（永）。○おなし―をかし（中）。

〔現代語訳〕
9（このように）また思い返して悟ろうとする今日はなかったであろう。花に染められた心の色がなかったならば。
10身にしみて哀れを知らせる風よりも、やはり月にこそ秋の色は存在していたのだな。
判詞 左は、「今日この日、悟ろうとはしなかった」といい、右は、「月にこそ秋の色は」という、歌の心も姿もともに同じ出来でしょう。また持とします。

〔他出〕　9ナシ
10山家集・三四二、「（月歌あまたよみけるに）」。西行法師家集・一七五・五句「色は見えける」、「月」。山家心中集・月・六〇。玄玉集・天地歌下・二一六・五句「色はみえける」。

〔語釈〕　9**○思ひかへすさとり**　あまりに今日の桜を溺愛する自己を見て、反省し、改めて悟りを得ようとする。武田・井上注は、寂然が出家した翌年の作に「この春ぞ思ひかへすは桜花むなしき色にそめし心を」（千載集・雑中・寂然・一〇六八）があり、この歌を意識したかとする。**○今日は**　窪田注「「は」は、他と対照してとりたてていふ意を持ち、花の殊に美しかつた今日といふ心持を現してゐる」とする。**○そめおく色**　桜の色に感染された心の状態を強調するためにいう。「あはれ我が多くの春の花を見て染めおく心誰にゆづらむ」（西行法師家集・四八）。なお八番の左歌参照。
10**○身にしみて**　秋風は皮膚感覚を刺激して季節の移ろいを察知させるのでいう。**○秋の色**　人を感傷的にさせる秋の気配をいう。

〔補説〕　左は自歌合初出歌で西行晩年の作である。上句の解釈が問題になるが、窪田注の「一首の意は、花の美しさに夢中になる、このやうな悟りに遠い境地に居るのではなかつたなら、浮きうきして居る心をはづかしく思ひ、思ひかへして花もはかないものと無常を悟るやうなことを更めてしないだろうに、といふのである」とする解釈が適切であろう。西行詠は、出家後も花に染まっていく心ゆえに我にかえり、また悟りを得ようとする点で、先掲の寂然歌とは立ち位置が異なる。右は、「吹きくれば身にもしみける秋風を色なきものと思ひけるかな」（古今六帖・四二一三・紀友則）・「秋吹くはいかなる色の風なれば身にしむばかりあはれなるらむ」（詞花集・秋・一〇九・和泉式部）といった秋風に「色」があるとする古歌に対して応答したような歌になっている。

六番

左

11 春をへて花のさかりにあひきつゝ思《おも》ひ出《で》おほきわが身なりけり

右勝

12 うき身こそいとひながらも哀《あはれ》なれ月をながめて年《とし》のへにける

左右の歌、春《はる》の花、秋《あき》の月は異《こと》なりといへども、歌の心は同《おな》じ姿《すがた》なるを、思《おも》ひ出《で》おほきといへるより、月をながめて年《とし》のへにけるといひはてたるは、すこし勝《まさ》り侍らん。

〔校異〕　11ナシ

12〇年のへにける―底本「年をへにける」を永青文庫・中大本により改める。永青文庫本は、「にける」に「ぬれは」を書き入れ、それを消す。

判詞〇左右の歌―左右歌（永）。〇はるの花あきの月―春花秋月（中）。春花秋の月（永）。〇すかた―底本「すち」

を中大本により改める。すち（永）。○おもひて―おもひいて（永）。○いひはてたるは―底本「いひすてたる」を中大本により改める。いひすてたる（永）。○すこし―いますこし（中・永）。

〔現代語訳〕

11 いくつもの春を経て、そして春ごとの花の盛りに出会いながら生きてきて、花との思い出が多い、この私の身なのだなあ。

12 憂き身を厭いながらも、なんと哀れなものだと思う。ずっとこの月を眺めて齢を重ねてきた体なのだから。

判詞 左右の歌は、春の花、秋の月と（素材は）異なっているけれども歌の内容は同じ姿であるところを、「思ひ出多き」というよりも「月をながめて年の経にける」と言い切ったのは、少しだけ勝っています。

〔他出〕 11西行法師家集・五一、「（花）」。御裳濯集・春中・一二〇。12玉葉集・秋下・六九五・五句「年のへぬれば」。西行法師家集・一九一・五句「年をへぬれば」、「（月）」。玄玉集・天地歌下・二一七。御裳濯集・秋中・三九七。万代集・雑二・三〇二五、「月歌あまたよみ侍りけるに」。西行物語・一三七・五句「としのくれぬる」。

〔語釈〕 11**○思ひ出おほきわが身** 長年、春を経験して、桜への思い出が多くなったことをいう。老西行の桜への述懐表現。

12**○うき身** 因果に囚われ悟り切れない憂うべき身をいう。

判詞**○歌の心は同じ姿** 左右の歌とも年を経ての季節の事物に寄せた述懐なのでいう。

〔補説〕 西行晩年の心境をいう歌として提示されている。花や月に慣れ親しんできた自分の身を慈しむ心情に溢れる。出家者でありながらも業深い身を否定せずに哀れんでしまうという点に特徴がある。

七番

左持

13 ねがはくは花のもとにて春死《はるし》なんその二月の望《もち》月のころ

右

14 来《こ》ん世には心のうちにあらはさんあかでやみぬる月のひかりを

左《ひだり》の、花のもとにてといひ、右の、こん世にはといへる、心ともに深《ふか》きにとりて、右《みぎ》はうちまかせてよろしき歌の躰也。左《ひだり》は、ねがはくはとおきて、春《はる》しなんといへる、うるはしき姿《すがた》にはあらず。此躰《てい》にとりて上《かみ》下あひかなひ、いみじく聞《きこ》ゆなり。さりとて深《ふか》く道《みち》にいらざらん輩《ともがら》は、かくよまんとせば、かなはざることありぬべし。是はいたれる時《とき》のことなり。姿《すがた》、雖不相似、なずらへて持とす。

〔校異〕 13ナシ

14○心のうちに—底本「心中に」を便宜上、表記を変えた。こゝろのうちを（永）。○あらはさん—底本「さらん」の「ら」を見せ消ち。

判詞○花のもとにて—花のしたに（永）。○心ともに—底本「心」なし。中大本によって補う。「心」ナシ（永）。○とりて—とも《り》《ゝ》て（永）。○歌の躰—歌躰（中）。○をきて—をき（中）。○此ていに—其躰に（中）。○かなひ—かなひて（中）。○きこゆなり—聞る也（中）。きこゆるなり（永）。○ふかく—ふかき《くイ》（永）。○ありぬへし—なり（永）。○是は—又是は（永）。○すかた—姿は（中）、すかたは（永）。○雖不相似—底本「あひにたりといへとも」を「雖不相似」（中・永）にて改める。

〔現代語訳〕
13 願はくは、花の下にて春に死にたいのです。あの釈迦が涅槃に入ったという二月十五日の満月の夜の頃に。
14 来世では心の中に現そう。いくら見ても満足できずに見終わってしまった月の光を。
判詞 左歌の「花のもとにて」といい、右歌の「こむ世には」というのは、作者の思いがともに深く表明されるにつけて、右は、普通に見て、よい歌の姿です。左は「ねがはくは」と置き、「春死なん」といっていますが麗しい姿ではありません。風体によって上句と下句がよく調和されていてすばらしく聞こえるのです。そうは言っても、和歌の道に深く分け入っていない人は、このように詠もうとしても、うまくできないことがあるでしょう。これは和歌の道に深く分け入った時にはじめて詠めることなのです。歌の姿は異なりますが、同じだと考えて、持にします。

〔他出〕 13続古今集・雑上・一五二七・二句「はなのしたにて」、「花歌中に」。山家集・七七・二句「花のしたにて」、「（花の歌あまたよみけるに）」。西行法師家集・五二・二句「花の下にて」、「（花）」。山家心中集・一一・二句「花の下にて」。西行物語・二一四。古今著聞集・二五九。なお長秋詠草・拾遺愚草・拾玉集等に引かれる。また新古今集後出歌（一九九三）。
14千載集・雑上・一〇二三、「月歌とてよめる」。西行法師家集・五三八、「（述懐の心を）」。御裳濯集・秋中・四三五。定家八代抄・雑中・一六〇九。

〔語釈〕 13 **○ねがはくは** 漢文訓読語。神仏に祈念・祈願する場合に用いることが多い。和泉式部集に極楽を願う心を詠んだ歌として「願はくは暗きこの世の闇を出でて赤き蓮の身ともならばや」（四四六）が和歌では早い例か。稲田利徳氏「西行和歌覚え書―『花のしたにて春死なん』―」（解釈・昭和六十一年四月→『西行の和歌の世界』（笠間書院・04）再録）参照。願文や仏教歌謡などにも用いられる。**○花のもとにて** 釈迦は沙羅双樹の下にて涅槃に入ったが、自分は、桜の下でこそ死にたいとする。西澤美仁氏は、「花のした」とするのが原義であり、「花の真下から月を見上げる、花を通して月を見る、という構図が意図された」として、月についても遠景ではなく花と均質の重みをもって見られる時空を共有しているのだとする（『西行　魂の旅路』角川学芸出版・平成二十二年）。**○春死なん**「死」という語は桜の歌では刺激的な印象がある。釈迦の涅槃と自身を重ねてこのようにいうが、「涅槃」に対応することばが「死」とするところに単なる宗教的恍惚感だけでは捉えきれないものがある。**○その二月の望月のころ**釈迦が涅槃に入った二月十五日の満月の夜をさす。

14 **○来ん世**　六道思想の来世。宮河歌合での最終番にも詠まれる。**○心のうちに…**　この世にて愛し続けた月の光だが、来世にてまた人として浮かび出でたならば、今度は正統な仏者として「心の月」をあらわすことを目指そうという意。

判詞 **○うちまかせて**　概して。総じて、の意。**○うるはしき姿にはあらず**　「願はくは」と神仏を対象とした願文のような表現に、「死」という語彙の組み合わせに対していう。

〔補説〕　左の願文・祈請文的な響きをもつ和歌は、さまざまな要素を含む作品で中世和歌の魅力に溢れる。涅槃の風景をアレンジして、桜と満月の日本の風景に死体を重ねる手法が斬新。西行には清浄な桜とともに不浄なる世から去りたいという願望があり、そのような意味もあるか。本歌では、沙羅双樹よりも桜の木の下で死にたいという死に方を提示する西行であるが、山家集では本歌に次に「仏には桜の花を奉れわが後の世を人とぶらはば」（七八）、「何とかや世に有り難き名を得たる花も桜にまさりしもせじ」（七九）とやはり問題となる二首が置かれている。桜は、蓮の花や沙羅双樹といった仏法の聖花・聖樹を凌駕する力を持つとするような歌は挑発的でさえある。また不浄観に用いられた九相図には桜の下で美しい女人の死体が腐っているというモチーフが多く描かれるが、そのような風景にもこの「死」の歌は通じていよう。

また左歌は、西行の往生人伝承の起点となった歌で多くの書にひかれる。実際は死の直前に詠まれた作品ではないが、晩年の歌合に「来世」を詠む右歌と結番して再提示したことにより、往生伝のコードにのった死の予告歌としての機能が改めて明確に打ち出された。すでに指摘（前掲、稲田論文参照）があるように往生者が、二月十五日の死を予告し、その予言を実現するのは往生伝のモチーフで、西行はそのような聖人の振る舞いをもってこの歌を詠んでいる。

右も、これから死を迎える人の歌として提示される。「あかでやみぬる」とするところに花の下で死にたいと思う人と同じく月を愛し、執着する世俗の「人」の姿が描写される。

八番

左勝

15　花にそむ心のいかでのこりけん捨《す》てはてゝきと思《おも》ふ我身に

右

16　ふけにける我世のかげを思《おも》ふまにはるかに月のかたぶきにける

右《みぎ》の歌、心いとをかし。たゞし、左《ひだり》の歌、猶《なほ》こともなくよろし。勝《まさ》るとや申すべき。

〔校異〕　15ナシ

16○月のかたふきにける―底本「月のかたふきにけり」を中大本・永青文庫本により改める。

判詞○みきの歌―右歌（中・永）。○心―底本「心」ナシ。中大本により補う。「心」ナシ（永）。○ひたりの歌―左歌（中・永）。○こともなく―ことなく（永）。○まさるとや―勝とや（中・永）。

〔現代語訳〕

15　花の色に染まる心がどうして残っているのだろうか。（そのような人としての感受性は）捨て果ててきたと思う我が身に。

16 すっかり老けてしまった私の人生、月光に映るその老いた我が身の影をしみじみと思っている間に、夜も更けて遥か向こうにその月が傾いてしまったことよ。

判詞 右の歌の心はたいへん趣深い。ただし左の歌が、やはり難点もなくよろしい。勝ると申すべきでしょう。

〔他出〕 15千載集・雑中・一〇六六、「花のうたあまたよみ侍りける時」。山家集・七六、「(花の歌あまたよみけるに)」。西行法師家集・五三、「(花)」。山家心中集・一〇。月詣集・二月・一三八、「白河の花をみてよめる」。治承三十六人歌合・九番右・一七一、「出家の後、花見ありきてよみける」。御裳濯集・春下・一三一。

16新古今集・雑上・一五三六・二句「わが身のかげを」。西行法師家集・五三九、「(述懐の心を)」。聞書集・九八・二句「我がみのかげを」、「(老人述懐)」。御裳濯集・秋上・三九〇。西行物語・八一・初句「ふけにけり」二句「我が身のかげを」五句「かたむきにけり」。定家八代抄・雑中・一六二八・五句「かたぶきにけり」。

〔語釈〕 15**〇花にそむ心** 花に対する愛着の深さを、桜の色によって心が染められていると表現する。「花に染む心ばかりをしるべにていく木のもとに旅寝しつらん」(月詣集・平業盛・一二五)。**〇いかで残りけん** 花への愛着が、出家遁世への決意を上まわることに困惑していう。**〇捨てはて〻** 「捨つ」は、遁世にまつわることばとして当時よく用いられており、西行も好んで詠んでいる。

16**〇ふけにける** 人生の終焉をいう。「更く」は月の縁語。「ふけにけるわがよの秋ぞあはれなるかたぶく月は又もいでなん」(千載集・秋上・二九七・藤原清輔)。**〇わが世** 人生のことをいうか。拾遺集の「ありあけの月のひかりを待つほどにわが世のいたく更けにけるかな」(雑上・四三六・藤原仲文)の下句など似た表現がある。「わが身」とする本文も多い。「世」は「夜」を意識させ、月の縁語。**〇影** 月に映しだされた老いた我が身の影をいう。**〇月のかたぶきにける** 老いた身を思っている間にも、時は過ぎ去り、いよいよ自分の死が近いことを自覚していう。

〔補説〕 左は、桜とともに人生を歩んだ遁世者西行の原点とも言える歌。出家後すぐの若き西行の心の葛藤を表明している。右は、老の感慨を月に寄せて詠んだ作品で、「影」を詠んだ歌としても珍しく、また熊野観心十界図の上部に描かれる老の坂図のモチーフにも通じる。十界図では、太陽のもとで梅や桜といった春の草木とともに人は人生の坂を上りはじめ、月の下で、年を積み重ね、腰をかがめながら、紅葉や雪に降られた草木とともに坂を下っていく。その向かって右側に描かれる太陽はおそらく山の端から今昇ったものであり、右側の月はこれから山の端に沈むものと思われる。青春の桜と老の月という対比も興味深い。

九番

左持

17 吉《よし》野山去年《こぞ》の枝折《しを》りの道《みち》かへてまだ見ぬかたの花をたづねん

右

18 月を待つたかねの雲は晴《は》れにけり心あるべき初時雨《はつしぐれ》かな

去年《こぞ》の枝折《しを》りといひ、たかねの雲といへる、姿《すがた》心ことにをかし。持とす。

〔校異〕

17○たつねん―たつねん（永）。

18ナシ

判詞○ことに―ともに（中・永）。○持とす―持とすへし（中）。

〔現代語訳〕

17 吉野山では、去年、（桜を尋ねて分け入った時に目印とした）枝折りの道を変えて、（今年は）まだ見たことがない方向の花を訪ねよう。

18 月の出を待つ高嶺では雲が晴れたなあ。いかにも風情を理解できる心がありそうな初時雨だよ。

判詞 （左の歌では）「去年の枝折り」といい、（右の歌は、）「高嶺の雲」という、（両歌の）姿、着想ともに、格別に面白みがあります。持とします。

〔他出〕 17新古今集・春上・八六、「花歌とてよみ侍りける」。西行法師家集・四一、「（花）」。聞書集・二四〇、「花の歌どもよみけるに」。玄玉集・草樹歌上・五七三、四句「まだ見ぬ方に」。御裳濯集・春上・八六。西行物語・四二。定家八代抄・春上・九〇。

18新古今集・冬・五七〇。西行法師家集・二七八・四句「心ありける」、「（時雨）」。玄玉集・天地歌下・二六二。西行物語・八二。定家八代抄・冬・四九九。

〔語釈〕 17**〇吉野山** 大和国の歌枕（現、奈良県吉野郡）。柿本人麻呂が吉野山の桜を白雲として捉えたという伝承が古今集仮名序に記されていて、それが吉野山の桜に関する早い例。**〇去年の枝折り** 「しをり（枝折り）」は木の枝を折って目印にすること。深山の道なきところまで桜を訪ねて分け入ったことを示す。昨年、桜を見るために吉野山に分け入ったときにつけた目印としていう。山奥の枝折りについては三十番右にも詠まれる。

18**〇たかねの雲** 下句の初時雨に対応する。**〇心あるべき** こちらの期待を察知したかのように晴れていく高嶺の雲を見て、風情ある時雨と理解したと考えておく。「べき」は推定か。なお窪田注は「月の出て来べき峯の雲は移つて、やがて自分の居る麓に初時雨となつて降つて来た、その時雨に呼びかけた形となつてゐる」とする。**〇初時雨** 秋の終わりから初冬に降る雨。急に降りだし、急に止み、山をめぐるものとして詠まれる。

〔補説〕 いずれもこれから花や月に出会える前の状況をあらわした歌で、左は、これから花を探しに山に分け入る気持ちを、右は、月の出を待つ高嶺の雲が晴れたのを見て、時雨があたかも風情を察することができるようだと推察している。左は、西行が得意とする、吉野での山居と桜との関係をモチーフにした歌で、右も、山居を舞台にしているのであろう。なお右の歌について、久保田注（ソフィア文庫）は、西行歌の上句について、千載集に入る

「あきの月たかねの雲のあなたにてはれゆく空のくるるまちけり」（秋・二七五・忠通）を意識するかという。

十番

左勝

19 吉野《よし》山やがて出《い》でじと思《おも》ふ身を花散《はなち》りなばと人や待つらん

右

20 ふりさけし人の心ぞ知《し》られけるこよひ御蓋《みかさ》の月をながめて

こよひ御蓋《みかさ》のとおける、ことばゝいと優《ゆう》に聞《き》こえたり。ふりさけしといへるはじめの句、いかにぞ聞《き》こゆらん。左《ひだり》歌、こともなくよろし。勝《まさ》るとや申すべからん。

〔校異〕　19ナシ
20ナシ
判詞〇いと—ナシ（中）。〇きこえたり—きこゆ（中・永）。〇はじめの句—はじめの句や（中・永）。〇ひだり歌—左の歌（中）。〇まさるとや—勝とや（中）。かつと（永）。

〔現代語訳〕

19 吉野山をこのまま出まいと思うこの身を、桜の花が散ってしまったならば（すぐに帰ってくる）と、人は私を待っているのであろうか。

20 仰ぎ見た昔の人の心が知られることだ。今宵、御蓋山の月を眺めるにつけて。

判詞「こよひ御蓋の」と置いたのは詞が優に聞こえます。「ふりさけし」という初句はどうでしょうかと思われます。左の歌は、特に問題なくよいかと思います。勝ると申すべきでしょうか。

〔他出〕 19新古今集・雑中・一六一九。山家集・一〇三六。西行法師家集・五四、「(花)」。山家心中集・雑上・一一二。治承三十六人歌合・一七〇、「(花の歌あまたよみける中に)」。玄玉集・草樹歌上・五七四。御裳濯集・春下・一四九。西行物語・四四。定家八代抄・雑中・一五八四。定家十体・幽玄様・四七。自讃歌・一六二。
20山家集・四〇七・三句「しられぬる」、「春日にまゐりたりけるに、つねよりも月あかくてあはれなりければ」。西行法師家集・二六一、「春日にまゐりて、つねよりも月あかく哀なりしに、みかさ山を見あげて、かく覚え侍りし」。山家心中集・雑上・二二四、二句三句「人の心にしられぬる」、「かすがにまゐりて侍しに、月あかくあはれにて、みかさのやまをみやりてよみはべりし」。

〔語釈〕 19〇やがて そのまま。〇人や待つらん 西行が花が散ったならば帰ってくると思っている人たち。どのような人物が想定されているのか不明だが、京にいる歌人仲間あたりを想定するか。
20〇ふりさけし人 阿倍仲麻呂のこと。仲麻呂が唐から帰郷する折に別れの宴にて詠んだ「あまの原ふりさけ見れば春日なる御蓋の山に出でし月かも」(古今集・羇旅・四〇六)を踏まえる。「ふりさけ」は仰ぎ見ること。普通は「見れば」とともに用いるが、西行はこのことばだけ独立して用いている。〇御蓋 御蓋山。大和国の歌枕(現、奈良県奈良市)。春日神社の背後にある山。古来、霊山として知られる。さらにその御蓋山を覆うように春日山がある。中世においては春日山および御蓋山と月の構図は、宮曼荼羅・垂迹曼荼羅によく描かれる。

〔補説〕 吉野の桜と御蓋の山の月を詠む。左は、修行のために入ってもう戻ることはないのに、桜が散ればまた帰ってくるであろうと自分を待つ人たちのことを思いやる五句に特色がある。右は、御蓋山の月を媒介にして時空を越えて仲麻呂と自己を等置させることによって古人の感性に接近している。

十一番

左

21 立《た》ちかはる春《はる》を知《し》れとも見《み》せ顔《がほ》に年《とし》をへだつる霞《かすみ》なりけり

右勝

22 岩《いは》間《ま》とぢし氷《こほり》も今《いま》はとけそめて苔《こけ》の下水道《みち》求《もと》むらん

左《ひだり》の歌、すがた心、あひかなひて見《み》ゆ。たゞし、みせがほにといふこと葉は、我も人もよむことなり。さはありながら、猶歌合《あはせ》のこと葉にはひかふべきにやあらむ。かつは歌のさまによるべし。右《みぎ》の歌、心言葉をかし。勝《まさ》ると申すべきにや。

〔校異〕 21○たちかはる―底本「たちかへる」を中大本・永青文庫により改める。

22○もとむらん―もとむなり（中）。もとむらん《なりイ》（永）。

判詞○ひだりの歌―左歌（中・永）。○すがた心―すがた詞（中）。○みせかほ―「みせ」欠字（中）。○人もよむ―人も皆よむ（中）。人もみなよむ（永）。○歌合のこと葉には―底本「歌あはせこときには」を中大本により改める。歌合ことには（永）。○心言葉おかし―詞をかし（中）。○まさると―勝と（中）。勝とや（永）。○申へきにや―申へくや（中）。申へき（永）。

〔現代語訳〕

21 冬とは変わって春を知れとでもいうような様子で立ち、年を隔てている霞であることだ。

22 岩間を閉じていた氷も今は解け始めて、苔の下を流れていくわずかな水は已の道を求めて流れ出していることだろう。

判詞 左の歌は、姿と心がよく整っているように見えます。ただし「みせがほに」という詞は私も他の人も皆詠んではいます。そうではありますが、猶、歌合の詞には詠むのを控えるべきではないでしょうか。または歌の様によるべきなのでしょう。右の歌は、心と詞が趣深い。勝ると申すべきでしょうか。

〔他出〕 21山家集・四、「（たつはるのあしたよみける）」。西行法師家集・三、「（初春）」。山家心中集・雑上・一五九、「春 はつはるのあしたに」。

22新古今集・春上・七・二句「氷もけさは」。西行法師家集・一・二句「氷もけさは」、「初春」。玄玉集・時節歌上・三五一・二句「氷も今朝は」五句「道もとむなり」。御裳濯集・春上・五・二句「こほりもけさは」、「百首歌の中に」。西行物語・五・五句「道もとむなり」。定家十体・面白様・二〇三・二句「こほりもけさは」五句「みちもとむなり」。

〔語釈〕 21**○立ちかはる** 冬から春に変わること。立春なのでいう。「立つ」は霞の縁語。**○見せ顔** 霞が、春になった様子を見せたそうにしているという意。「～顔」は西行がよく用いる。西行の得意とするやや誹諧的表現の一つ。稲田利徳氏「西行の和歌の表現（一）—『～がほ』をめぐって—」（中世文学研究・第七号・昭和五十六年八月↓『西行の和歌の世界』（笠間書院・04）に再録）に詳細な考察がある。**○年をへだつる** 霞が時間をも隔てるとするのは、宮河歌合三番左にも詠まれる。

22**○氷も今は** 新古今集、西行法師家集、玄玉集など多くが「氷も今朝は」とする。**○苔の下水** 岩にむす苔の下を水が流れていく様子をいう。深山での春の萌しを水の胎動で捉える。**○道求むらん** しだいに水が増えてきて点が線となり微かな流れを作っていく過程をいう。水にも自然の中にある道（水路）を探ろうとする生命力と意志を見ようとする西行の感性に基づいた表現。

判詞**○我も人も…** 「見せ顔」について、俊成は治承二年（一一七八）の「右大臣家百首」で「数ならぬ光を空に見せがほに月に宿かす袖の露かな」（長秋詠藻・月・五三四）と詠み、他の歌人詠では「いつしかと冬のけしきを見せ顔にたつやおそきとしぐるめるかな」（為忠家百首・四四七・為盛）がある。**〇ひかふべき** 私的な場や詠作に限定すべきという指摘か。

〔補説〕 月と花との世界観の後で、春夏秋冬の歌を配置していく。堂々と空に春の到来を告げる霞と、深山の岩の下で閑かに控えめに水路を求めて胎動をはじめ水という対比が眼目。

十二番

左勝

23 色《いろ》つゝむ野べのかすみの下もえて心をそむるうぐひすの声《こゑ》

右

24 尋《と》め来《こ》かし梅《むめ》さかりなるわが宿《やど》をうときも人は折《をり》にこそよれ

左右春《はる》の歌、ともに艶《えん》なるにとりて、右はいま少《すこ》しをかしきさまに見ゆるを、左《ひだり》歌、ことば、いひとめぬさまながら、心なほをかし。いま少《すこ》し勝《まさ》るとや申すべからん。

〔校異〕 23〇下もえて—下もえき（中）。
24〇わかやとを—我宿に（中）。
判詞〇左右はるの—左右の春の（中）。〇とりて—かりて（永）。〇をかしきさま—底本「おかしさま」を中大本・永青文庫本により改める。〇に見ゆる—にはみゆる（中）。〇ひだり歌—左の歌（中）。〇ことは—ことは、（中）。〇いますこし—すこしは（中）。いますこしは（永）。〇まさるとや—増りとや（中）。まさると（永）。

〔現代語訳〕
23 春の色を包み込んでいる野辺の霞の下では新芽が萌えだし、春の色にときめいて心が染まり、嬉しそうに鳴いている鶯の声であることよ。
24 尋ねて来てくださいね。梅の花が盛りである私の宿を。音信が疎遠であっても人は時節によって変わるものですよ。
判詞 左右の春の歌、ともに優美でありますが、右は、少し趣深くは見えますが、左の歌は、詞は言いたいことが明確でない様ながら、その着想にはやはり趣があります。今少し優っているかと申すべきでしょう。

〔他出〕 23夫木抄・三六七・三句「したもえぎ」、「家集、鶯を」。
24 新古今集・春上・五一。西行法師家集・三四、「(梅)」。聞書集・五〇、「対梅待客」。玄玉集・草樹歌上・四七一。御裳濯集・春上・六一。西行物語・九。定家八代抄・春上・五四。

〔語釈〕 23 **○色つゝむ** 初春の野辺の色を霞が包み隠すことをいうか。「浅緑野辺の霞はつつめどもこぼれてにほふ花ざくらかな」(拾遺集・春・四〇・よみ人知らず)、「春はまだあさみどりなる野辺の色も降りそむる雨にこくやなるらむ」(大斎院前の御集・二七)。**○下もえて** 「下萌え」で、新芽が萌え始めること。また「下燃え」で、鶯の気持ちが春にときめく意をだす。**○心をそむる** 春の色に鶯の心が染まることをいう。なお「春の喜びに燃ゆる我が心に染みるこの野辺に鳴く鶯の声よ」(窪田注)と取る説もある。
24 **○尋め来かし** 西行独自の歌句表現。やや誹諧的か。「尋め来かし」で「かし」は念を押す意を添える終助詞。
○うときも人は 疎遠になった友をさす。**○折にこそよれ** 「をり」は時節をさす「折」をいう。
判詞 **○艶** ここでは春の歌に相応しく優美で華やかな様をいう。**○ことば、いひとめぬさま** 詞が作者の着想をきちんと伝え切れていないことをいうか。**○心なほをかし** 左の歌の着想がユニークな様をほめる。

〔補説〕 鶯と梅の取り合わせ。二首とも、西行独自の歌の調べを持っている。右は、俊成の判定は負であるが、新古今集、玄玉集、御裳濯集や定家八代抄に取られる。また『西行物語』にも引用され、中世では西行の遁世者らしい作品として認知されていた。冷たい人の心も変じて、疎遠であった人とも会いたいという心持ちにさせる春の力を「尋め来かし」といった親しみのある隠者的なフレーズで表現している。

十三番

左

25 山がつの片岡《かたをか》かけて占《し》むる野《の》ゝさかひにたてる玉のを柳

右勝

26 ふりつみしたかねのみ雪《ゆき》とけにけり清滝《きよたき》川の水の白波《しらなみ》

左《ひだり》歌、さることありと見《み》るこゝちしてめづらしきさまなり。すゑの句のをの字や、少《すこ》しいかゞ。さもよみて侍るとよ。右《みぎ》の歌、すがたおもしろく見ゆ。勝《まさ》ると申すべし。

〔校異〕

25○さかひにたてる―底本「まかひにたてる」を中大本・永青文庫本により改める。

26ナシ

判詞○とみる―とみゆる（永）。○侍るとよ―侍るかとよ（中・永）。○みぎの歌―右歌（中・永）。○おもしろく―いとおもしろく（中）。○まさると―勝と（中）。

〔現代語訳〕

25 山人が片岡にかけて占めている野の境に立っている玉のように美しい柳よ。

26 降り積もった高嶺のみ雪が解けたのだなあ。清滝河の水が増して、白波を立てているよ。

判詞 左歌は、そのような風景もあるという心地がして珍しい歌の姿です。末の句の「を」の字は少しどうかと思われます。どうして、そのように詠んでいるのでしょうか。右の歌は、姿はたいそう趣深く見えます。勝ると申すべきです。

〔他出〕 25新古今集・雑中・一六七七。山家集・五二・三句四句「しむるいほのさかひにみゆる」、「山家柳」。西行法師家集・三六、「山家柳を」。山家心中集・雑上・一七六、「山ざとのやなぎといふことを」。御裳濯集・春上・六八・四句「さかひにみゆる」、「柳の歌とてよめる」。西行物語・一三九。

26新古今集・春上・二七、「春歌とて」。西行法師家集・二、「(初春)」。玄玉集・天地歌上・七八。御裳濯集・春上・三五。西行物語・八。時代不同歌合・二〇。

〔語釈〕 25**○山がつ** 山家に居を定める人。猟師や樵などをいう。卯の花や撫子の花など山人の生活圏に生える植物に関心を持つ歌は多い。柳についても「山がつの道にさらせるあぜがきにいとほしげなる玉柳かな」(待賢門院堀河集・四)などがある。**○片岡** 片側が高くなっている岡。**○占むる野** 「しむる」は占有する意。**○さかひ** 占有する土地の境界線。このことばがあることにより歌に独特の魅力を添える。**○玉のを柳** 「小柳」の「小」に、「玉の緒」の「緒」を掛ける。玉を連ねた緒のような美しく、小さい柳の木という意。同じ表現として、「あたらしや賤の柴垣つくるたよりに立てる玉のを柳」(月詣集・八三・源仲正)が知られる。

26**○み雪** 「み」は「深」と「御」のどちらも考えられる。**○清滝川** 山城国の歌枕。京都市北区の桟敷ヶ岳に発し、右京区の栂尾山高山寺、槇尾山西明寺、高尾山神護寺とめぐり、愛宕山の麓を流れて保津河にそそぐ。山深い地を流れ、隠遁者が住まう空間というイメージがあろう。「清滝の瀬瀬の白糸くりためて山分け衣織りて着ましを」(古今集・雑上・九二五・神退法師)。「白雲に君が心のすむことは清滝河といづれまされり」(能因法師集・九七、「愛宕白雲といふ所に住む人に」)。**○水の白波** 清滝河の「清」が「白」のイメージを強調し、「滝」が「波」の荒立ちを印象付ける。「清」「滝」「河」「水」「白」「波」と水にまつわる語を連続してつなげた。

〔補説〕 左歌のように春の柳を民家の風景の中で捉えた趣向は、すでに院政期には見られるが、片山にかけて「占むる野」の「さかひに立てる」といった空間の構成・把握の仕方が特徴的。右は、「清」「滝」「河」「水」「白」「波」と水にまつわる清冽なイメージを持つ語を活かした精緻で技巧的な作品であるが、雪融けによる川水の躍動を見事に捉えていて、春の瑞々しい風景描写においても成功している。「清見潟」や「玉川」といった「清」や「玉」という語を持つ歌枕が院政期には清新な情景歌として好まれた。清滝川については、俊成も「石ばしる水の白玉数見えて清滝川にすめる月影」（千載集・秋上・二八四）と詠んでいる。

十四番

左持

27 つく〴〵と物思《おも》ひをればほとゝぎす心にあまる声《こゑ》きこゆなり

右

28 うき世思《おも》ふ我《われ》かはあやなほとゝぎすあはれこもれるしのびねの声《こゑ》

両首のほとゝぎす、声《こゑ》ともに心《こゝろ》こもりて、よき持なり。

〔校異〕 27○おもひをれは—底本「おもひをは」を中大本・永青文庫本にて改める。
28○われかは—わかれは（永）。
判詞○両首の—両首（永）。○こゑ—ナシ（中）。○ともにこゝろ—ナシ（永）。○こもりて—こもれり（中）。

〔現代語訳〕
27 しみじみと物を思って居ると、心に持て余す時鳥の声が聞こえてくる。

28 今さら憂き世を思う私であろうか、いやあり得ない。鳴いても意味がないことだ。時鳥よ。（そうは否定しても）哀れさが籠もる時鳥の忍び音が気になることよ。

判詞 両首の時鳥、その声ともに作者の心が籠もっています。良き持とします。

〔他出〕 27御裳濯集・夏・二二七。

28西行法師家集・一四九・四句「あはれもこもる」、「（郭公）」。

〔語釈〕 27**○心にあまる** 物思いを尽くしているところに、さらに物思いを誘う時鳥の声が聞こえてきて、時鳥の声に心が対処仕切れないことという。西行がはじめて詠んだフレーズ。なお玄玉集に、藤原定家が詠んだ「思ふ事たれに残して詠めおかん心にあまる春の明ぼの」（五三）が入る。時鳥を擬人化して「物思ひをして、心に包みきれず、声に出でて鳴くものと解した」（窪田注）とする説もある。

28**○うき世** 遁世者の立場から俗世間をいう。**○我かはあやな** 「かは」は反語。「あやな」は道理がないことをいう。古今集の「人目もる我かはあやな花すすきなどか穂にいでて恋ひずしもあらむ」（恋一・五四九・よみ人知らず）による表現で、強く自己否定する。遁世している自分が世俗の物思いに沈むはずはないという。**○あはれこもれる** 忍び音に「哀れ」が添っていると感じられる意。「こもる」は、低い声で鳴く時鳥の声も形容する。**○しのびね** 時鳥は、陰暦五月から本格的に鳴きはじめるが、その前の陰暦四月には低い声で鳴くとされ、それを忍音という。「声たてぬみをうの花のしのび音はあはれぞ深き山ほととぎす」（聞書集・八〇）。

判詞**○心こもれり** 西行の時鳥の声に対する思いがきちんと表現されていることをいう。**○よき持** どちらも難がなく、甲乙付けがたい時に用いる。

〔補説〕 物思いを誘うほととぎすの声がテーマ。左は、自歌合の初出歌で、晩年の作かともされる。右は、世俗の感受性を捨てているのに忍音を「哀れ」と感じ取ってしまうことへの戸惑いをいう。遁世者の立場で「あはれ」を催す心の状態をいぶかしむモチーフは西行によく見られる。

十五番

左

29 鶯《うぐひす》の古巣《ふるす》よりたつ時鳥藍《あゐ》よりも濃《こ》き声の色《いろ》かな

右勝

30 聞《き》かずともこゝを瀬《せ》にせんほとゝぎす山田の原《はら》の杉《すぎ》のむらだち

ふるき歌合《あはせ》の例《れい》は、花をたづぬるにも見《み》たるを勝《まさ》るとし、時鳥を待《ま》つにも聞《き》けるを勝《まさ》るとすることなれど、これは勝《か》ち負《ま》けを申すべきなり。藍《あひ》よりも濃《こ》き心をかしくは聞《き》こえながら、又をり〳〵人よめることなるべし。山田のはらといへる、こゝろすがた、凡俗およびがたきに似たり。勝《まさ》ると申べし。

【校異】　29ナシ

30ナシ

判詞〇まさると―猶勝と（中）。勝と（永）。〇ことなれと―底本「ことなれは」を中大本・永青文庫本により改める。〇かちまけを―たゝ歌の勝劣を（中）。たゝ勝負と（永）。〇申へきなり―申へきや（永）〇心をかしく―底本「心をおかしく」を中大本・永青文庫本により改める。〇きこえなから―底本「きこゆなから」を中大本・永青文庫本により改める。〇はらと―はらのと（中）。原のと（永）。〇こゝろすかた―中大本なし。〇まさると―勝と（中）。かつと（永）。

【現代語訳】

29 鶯の古巣より巣立つ時鳥は、青が藍よりも濃いように、鶯よりも深みがある声の音色だな。

30 たとえ鳴き声を聞かないにしても、ここを鳴き声を聞く場にしよう。時鳥よ。山田の原の杉の群立ちの中を。

判詞 古い歌合の例では、花を尋ねるよりも見ることを勝るとして、時鳥を待つよりも聞くことをやはり勝るとする事ではありますが、ここでは（そのようなことより）ただ歌自体の勝劣だけを問題にすべきです。（時鳥の声が）藍よりも濃いとする趣向は面白く聞こえますが、この趣向は又、時々、歌人がよく詠むような程度の表現でしょう。「山田の原」というのは、その心と姿、凡俗な人は及びません。勝ると申すべきでしょう。

〔他出〕

29 西行法師家集・一四七、「（郭公）」。聞書集・七八、「（郭公）」。夫木抄・二七三七、「家集、郭公歌中」。

30 新古今集・夏・二一七。西行法師家集・一四一、「（郭公）」。残集・六・郭公。御裳濯集・夏・一九九。西行物語・一一。定家十体・事可然様・一四一。

〔語釈〕 29 **○古巣よりたつ** 時鳥は、鶯の巣に卵を産み、そこで育ち、巣立っていくとされるのでいう。「うぐひすの子になりにけるほととぎすいづれの音にか鳴かむとすらむ」（今鏡・一四八・頼政）。**○藍よりも濃き** 「青取二之藍一、而青二於藍一」（荀子・勧学）より出た表現で、弟子が師よりも優れていることを喩える時などに用いる。時鳥は鶯の巣で育まれ、巣立っていくが、その音色は鶯より深みがあり、優れていることをいう。**○声の色** 音色。「色」は「藍」の縁語。

30 **○瀬にせん** 「瀬」は居場所をさす。**○山田の原** 伊勢国の歌枕（現、三重県伊勢市）。外宮豊受大神の鎮座する地。西行は神宮の地名を多く歌の世界に持ち込んだが、そのうちの一つ。「神のます山田の原の鶴の子はかへるよりこそ千代はかぞへめ」（源順集・二七二）、「万代といのりぞ経くる君が代は山田の原の下つ岩根に」（高陽院七番歌合・六三・さぬき）が西行以前の例。**○杉のむらだち** 外宮の巨大な神杉の群立をいう。

判詞 **○ふるき歌合の例…** 時鳥の声を聞いた歌を勝ちとする古き歌合の例として、井上注は、寛治八年（一〇八四）高陽院歌合「時鳥」三番、判者源経信が「左は、ほととぎす聞きたる歌なり、右のは、まだ聞かねば、さきざきも聞きたるをぞ、勝るとは申すめる」として、「あくるまで待兼山のほととぎす今日も聞かでや暮れむとすらん」

（左・二〇・顕綱）を退け、「夜をかさね待兼山のほとゝぎす雲のよそにて一声ぞ聞く」（右・一九・周防内侍）を勝ちにしたことなどをあげている。**〇をり〳〵人よめる**　時鳥詠ではないが源俊頼が「藍よりも青く染めなす色もあればちとせの宿に万代をませ」（散木奇歌集・七一七）と詠むが、そこまでの用例数は確認できない。漢文を翻訳しただけの安易で新奇な表現が当時多用されていたことに対する批判か。**〇凡俗およびがたき**　神宮の歌合に伊勢の霊地の名を詠み込んだことに対していう。

〔補説〕　俊成は、過去の歌合では時鳥の声を待つより、鳴くほととぎすを詠んだ方が勝ちともされたがここでは歌の質そのものを問題とするといい、時鳥の鳴き声が実際には詠まれない右を勝にする。右は、山田の原のような神聖な場でこそ時鳥の声を聞きたいが故に、当てがはずれたとしても、あえてこの場で待つという趣向である。

十六番

左勝

31　時鳥ふかき峰《みね》より出《い》でにけり外山のすそに声の落《お》ちくる

右

32　五月雨の晴《は》れまも見《み》えぬ雲路より山ほとゝぎす鳴《な》きてすぐなり

右《みぎ》の歌、難《なん》とすべきところなく、長《たけ》たかく聞《き》こゆ。左歌《ひだり》、ほとゝぎす、深山のみねより出《い》でゝ、外山のすそに声《こゑ》の落《お》ちけん、今《いま》まさしく聞く心地してめづらしく見《み》ゆ。左勝《ひだりまさ》るとや申すべからん。

〔校異〕　31ナシ
32〇雲路―雲路《まイ》（永）。〇すくなり―底本「すきけり」を中大本・永青文庫本により改める。

判詞○みきの歌―右歌（中・永）。○深山のみね―底本「すきみね」を中大本により改める。ふる《か》き山のみね（永）。○おちけん―おちくらん程（中）。おちくらん（永）。○聞く―底本ナシ。中大本・永青文庫本により補う。○まさるとや―勝と（中）。まさると（永）。○中へからん―申侍らん（中・永）。

〔現代語訳〕

31 時鳥は、深い峰より出てきたのだな。外山の裾に声が落ちてくるよ。

32 五月雨の晴れ間も見えない雲路の中を山時鳥が鳴いて過ぎて行くよ。

判詞 右歌は、非難すべきところはなく、長高く聞こえます。左歌は、時鳥が深山の峰より出て外山の麓に声が落ちてくるのを、今まさしく聞く心地がして新鮮な感覚をおぼえます。左が勝ると申しましょうか。

〔他出〕 31新古今集・夏・二一八。西行法師家集・一五一、「（郭公）」。御裳濯集・夏・二一二。西行物語・一一。
32山家集・一九八、「雨中郭公」。西行法師家集・一三九、「雨中の郭公を」。山家心中集・雑上・二四九、「雨のうちのほと、ぎす」。御裳濯集・夏・二三九。

〔語釈〕 31**○外山** 外山は深山（この場合は深き峰）に対していう。人里に近い側の山。**○声の落ちくる** 声が上方より垂直に鋭く聞こえてくる様をいう。「落ちくる」は和歌では「白雲にまがひやせまし吉野山落ちくる滝の音せざりせば」（千載集・雑上・経忠・一〇三四）のように、滝の水に関して用いることが多い。
32**○雲路より** 五月雨の厚い雲の中をいう。「より」は経由点を示す。俊成の「雨そそく花橘に風過ぎて山ほととぎす雲に鳴くなり」（新古今集・夏・二〇二）など、時鳥の鳴く場所の一つとされる。
判詞**○長たかく** 風景の構成が雄大なことをいう。**○めづらしく** 新鮮な感覚をいう。

〔補説〕 五月の時鳥の鳴き声を詠む。姿を現さない時鳥は声でその存在を示すが、左は山の上から、右は雲の中から聞こえてくるさまを詠む。鳴き声が鋭い様を、右は「落ち」てくると詠み、左は雨雲の中からでも響いてくるとする。西行の「声の落ちくる」は感覚的に山時鳥の声の有様を捉えたもので、新古今時代に評価され、後世の作品に享受されていく。

十七番

左勝

33 あはれいかに草葉の露のこぼるらん秋風《かぜ》たちぬ宮城《みやぎ》野の原《はら》

右

34 七夕の今朝《けさ》のわかれの涙《なみだ》をばしぼりやかぬる天《あま》の羽衣《はごろも》

左右の初《はつ》秋の歌、ともに艶《えん》なるべし。たゞし、右《みぎ》は、かやうの心聞《き》ゝなれたるべし。左《ひだり》、宮城野《みやぎの》ゝ原思《はらおも》ひやれる心《こゝろ》、なほをかしく聞《き》こゆ。勝《まさ》るべくや。

〔校異〕 33ナシ

34○あまの—あき《ま》の（永）。

判詞○ひたり—左の（中・永）。○まさるへくや—勝と申へくや（中）。

〔現代語訳〕

33 ああ。宮城野の原では、どれだけの草葉の露が零れているのだろうか。今、私の眼前では秋風が立ったばかりだ。

34 七夕の夜の逢瀬が終わり、（牽牛との）今朝の別れの涙で濡れた袖を絞ることができないのではないだろうか、織姫の天の羽衣は。

判詞 左右の初秋の歌はともに艶である。ただし右歌は、このような七夕の趣向は聞き慣れています。左歌の宮城野の原を思いやる心はやはり趣深く聞こえます。勝るとすべきでしょうか。

〔他出〕 33新古今集・秋上・三〇〇。西行法師家集・一七〇、「秋風」。玄玉集・天地歌下・二四三。御裳濯集・秋上・二九三。西行物語・一四。定家八代抄・秋上・二八六。八代集秀逸・七二。近代秀歌・三七。詠歌大概・二六。定家十体・事可然様・一二二。自讃歌・一六四。

34ナシ

〔語釈〕 33**○あはれ** 独立した感歎のことば。「あはれいかにゆたかに月をながむらむやそしまめぐるあまの釣船」(聞書集・一二五)。**○露のこぼるらん** 現在ここでない場所で起こっている露がこぼれ落ちる風景を想像する。**○秋風たちぬ** ここは西行の眼前で起こっている現象をいう。**○宮城野の原** 陸奥の歌枕(現、宮城県仙台市東方一帯周辺)。繁く置く露が詠まれる。古今集、東歌の「みさぶらひ御笠と申せ宮城野の木の下露は雨にまされり」(一〇九一)が有名で、西行には「萩が枝の露ためず吹く秋風にを鹿なくなり宮城野の原」(山家集・四三〇)といった作品もある。

34**○しぼりやかぬる** 年に一度の逢瀬を過ぎた後朝なので特に別れの涙が著しいことをいう。**○天の羽衣** 天女の衣服。羽衣をなびかせて飛行する。ここでは織姫の衣服としていう。「いとどしく露けかるらん七夕の寝ぬ夜に逢へる天の羽衣」(後拾遺集・秋上・大江佐経・二三九)。

判詞**○かやうの心聞ゝなれたるべし** 七夕での織姫と牽牛の別れを後朝の恋のように詠む趣向のことをいう。「今はとてわかるる時は天の川わたらぬさきに袖ぞひちぬる」(古今集・秋上・一八二・源宗于)のような例をいう。千載集には「七夕後朝の心をよみ侍りける」として「あまの川心をくみておもふにも袖こそぬるれ暁の空」(千載集・秋上・二四一・源師房)の歌がある。

〔補説〕 初秋の風情を詠んだ歌を合わせる。右が古今集のようなクラシカルなスタイルをそのまま踏襲した歌であるのに対して、左は、四句「秋風たちぬ」が独立しているのが特徴で、歌の構造としても斬新である。秋風が立つ眼前の風景から、すぐに宮城野の原に溢れる露をイメージして、極度に感傷的な気分になるとするのは、やや大袈裟にも思えるが、秋の風をきっかけとして、はるか遠方の風景の情趣を即座に感じ取ろうとするところに西行の詩人としての特殊な感性を見るべきであろう。藤原定家は、近代秀歌や八代集秀逸等に左歌を選んでいて、高く評価している。

十八番

左勝

35 大かたの露には何《なに》のなるならん袂におくは涙《なみだ》なりけり

右

36 心なき身にもあはれは知《し》られけり鴫たつ沢《さは》の秋の夕暮《ゆふぐれ》

鴫たつ沢《さは》のといへる、心幽玄《ゆうげん》に姿《すがた》およびがたし。たゞし、左《ひだり》の歌、露には何《なに》のといへる、ことばあさきに似《に》て心ことに深し。勝《まさ》ると申すべし。

〔校異〕 35○なるならん―底本「なるやらん」を中大本・永青文庫本により改める。

36ナシ

判詞○ひだりの歌―左歌（中・永）。○にて―底本「にして」を中大本によって改める。なお永青文庫本も「にして」とする。○まさると申へし―勝へし（中）。勝と申へし（永）。

〔現代語訳〕

35（野辺に置く）大方の露は何から成ったものだろうか。この袂に置く露は、私の涙から成ったものなのだ。

36 感受性を捨てた我が身にも哀れな感情が呼び起こされるよ。この鴫が飛び立つ沢の秋の夕暮の特殊な風景を経験して。

判詞 「鴫立つ沢の」というのは、心は幽玄であって、その歌の姿は及びがたいものです。ただし、左の歌で、「露には何の」というのは、歌の詞はたいしたことがないように見えますが、作者の（露を見て思いやる）心情が殊更深く、勝ると申すべきでしょう。

〔他出〕 35千載集・秋上・二六七。山家集・二九四、「露を」。西行法師家集・一七四、「露」。山家心中集・雑上・二三二、「（秋の歌よみ侍しに）」。御裳濯集・秋上・三七四。
36新古今集・秋上・三六二。山家集・四七〇、「あき、ものへまかりけるみちにて」。西行法師家集・一七二、「鴫」。山家心中集・雑上・二三四、「ものへまかりしみちにて」。御裳濯集・秋上・三五二、「秋歌とてよめる」。西行物語・一一四。

〔語釈〕 35○大かたの露 野原一面に置いた露を見ていう。「大かた」を世間一般とする解釈もある。○何のなるならん 世に現れては消えていく露の一粒一粒ごとに、人々の哀しみがあって、その涙が露として野の草草に置き乱れるのかと思う。
36○心なき身 遁世者の立場で、すでに詩的感受性を放棄している身をいう。有名な能因の「心あらむ人に見せばや津の国の難波わたりの春のけしきを」（後拾遺集・春上・四三・能因）は、「心ある」人にしか理解できない風景の情趣であるが、西行が旅の途上に遭遇した風景は、「心なき」人にも哀れな感を想起させるほどであったという。○鴫たつ沢 秋の夕暮の静寂さを破って鴫が飛びたつ沢をいう。鴫は、湿地や水辺に棲むシギ科の渡り鳥で、夕暮になれば水辺に帰り、そこで休息する。鴫の風景は多く詠まれてきたが、秋の夕暮の事物としては新しい。勅撰集の用例としては、「暁の鴫のはねがきももはがき君が来ぬ夜は我ぞかずかく」（古今集・恋五・七六一・よみ人知らず）、「わが門のおくての引板におどろきてむろのかり田に鴫ぞたつなる」（千載集・秋下・三二七・源兼昌）などが知られる。ここでは旅の途上の景物として提示する。**〇秋の夕暮**　人の感受性を際だたせ、心なき者にも心をつける時空として詠まれる。

判詞**〇幽玄**　歌の深奥に人智や理性では捉えられない不可思議な力が揺曳していることをいう。

〔補説〕　左の歌における、生成する物事の起源への眼差しは西行独自のもので、ここでは今眼前に置く露の源をたどれば人々の悲しみの涙に行き着くのではないか、という。新日本古典文学大系『千載和歌集』の本歌の脚注にて、「無数の露が一つ一つこの世の悲哀の具体的な現れとして意識されるように把えられ、自分の苦悩の涙との対比によって、哀しみと無縁ではいられぬ人間存在の中に自身も在ることを確認する」とするのは首肯できる読みであろう。野に置き乱れる露の風景に人々の悲しみや苦しみを見てしまうという姿勢は西行の聖《ひじり》的思想に裏付けられている。人の世の哀しみを見つめるような歌に俊成は感銘を受け、千載集にも撰入している。

右歌では、心から湧き上がってくる俗なる情趣や感受性に対して、遁世者としてどう向き合うのかといった哲学的主題の歌を配する。このような歌は、西行の人生観や思想と絡められて享受されやすい面があり、後世の西行信者たちに好まれた。三夕の歌の一つとしても有名で、近世には絵画に描かれた。また神奈川県大磯町に実在の場が想定され、鴫立庵が建てられる。漂泊詩人としての西行伝承を追ううえで重要な一首。「鴫立つ沢」は、夕暮時の静寂を破って沢を飛び立つ鴫の動きを表現したと考える説が有力。鴫の立てる音について、西澤美仁氏は、「神の来臨を想起させる落雷のような轟音」とする（『西行　魂の旅路』角川文芸出版・平成二十二年）。否定していたはずの感動が、夕暮に突然おこった予想外の事態に揺さぶられて呼び起こされる様に注目した。秋の夕暮という生命の営みが衰え、静寂に包まれる時空において、鴫の飛び立つ音響はやや物騒で不似合いかと思われるが、そこに「幽玄」を感得するという俊成の詩的感性も注目される。

十九番

左勝

37 あし曳の山かげなれば と思《おも》ふ間《ま》に梢《こずゑ》に告《つ》ぐる日暮らしの声

右

38 山里の月まつ秋《あき》の夕《ゆふ》ぐれは門《かど》田の風の音のみぞする

左《ひだり》の歌、梢《こずゑ》に告《つ》ぐるといへる、心ふかく故《ゆゑ》ありて聞《き》こゆ。たゞし、思《おも》ふ間《ま》にといへること葉ぞ、又人つねによむことなれど、なほ思ふべくやとおぼえ侍る。かやうのことは人かへりてわらふべき事なり。しかれども一身思《おも》ふところを、ついでに申し出づる也。右歌は、難《なん》とすべき所なくは見《み》えながら、又人よみつべきことにや。なほ左《ひだり》の末《すゑ》の句の心勝《まさ》ると申すべくや。

〔校異〕 37ナシ

38○ゆふくれは―ゆふくれに（永）。○音のみぞする―底本「はるのみぞする」を中大本・永青文庫本により改める。

判詞○ひだりの歌―左（中）。左歌（永）。○といへる―底本・永青文庫本なし。中大本により補う。○ゆへありて聞ゆ―底本「ありてきこゆ」を中大本・永青文庫本により改める。○おもふまに―此まに（中）。このまに（永）。○又人つねに―又常に（中）。○なれと―底本「なれは《と》」。なれとも（永）。○人かへりて―人のかへりて（永）。○一身おもふ―一身のおもふ（中）。○つゐてに―このつゐてに（中）。○難とすへき―難をすへき（永）。○又人よみつ―又よみつ（永）。○ひたりのすゐの句―左末句（中）。

〔現代語訳〕

37 山陰なので（もう暗いのかな）と思っているうちに、梢に蜩の声がして、（ほんとうに）日が暮れたことを告げているよ。

38 山里で月の出を待つ秋の夕暮という時間は、ただ門田の稲葉を過ぎる風の音だけがしている。

判詞 左の歌の、「梢に告ぐる」という表現は、心深く由緒があるように聞こえます。ただし「思ふ間に」という詞は、また誰でも常に歌に詠むことですが、やはり考え直さないといけないかと思われます。このようなことを言うと、人は、かえって、私を笑うような事になるでしょう。しかしながら私が思うところをこの際なので申し上げました。右歌は、批判すべきところはないように見えますが、また人がよく詠んでいることではないでしょうか。やはり左の末の句が優っていると申すべきでしょう。

〔他出〕

37 西行法師家集・一七三、「ひぐらし」。御裳濯集・秋上・三五九。

38 御裳濯集・秋中・三九二、「百首歌中に」。

〔語釈〕

37 **○あし曳の** 「あしびき」と濁ってよむ。山の枕詞として用いている。西行の枕詞使用率は高くない。**○山かげ** 深い山に囲まれた山里などをいい、遁世者の住処。山の稜線に日が早く沈むので日暮れが早い。平安末期によく詠まれる。**○日暮らし** 蜩。セミ科の虫。その鳴き声から「かなかな」とも。晩夏から初秋にかけて早朝や夕暮の薄暗い時に鳴き、不気味な響きを持つ。万葉集から詠まれる。古今集の「日ぐらしの鳴きつるなへに日は暮れぬと思ふは山のかげにぞありける」（秋上・二〇四・よみ人知らず）を参考にして歌をつくっている。実際に「日が暮れる」の意を掛ける。

38 **○門田** 家の門前の田。山里の田。院政期歌人の田園趣味により田家の素材として盛んに詠まれた。源経信の「夕されば門田の稲葉おとづれてあしのまろ屋に秋風ぞ吹く」（金葉集二度本・秋・一七三）が代表的例で、その葉擦れの微細な音響効果が秋の夕暮の美的時空を構成する上で好まれた。**○音のみぞする** 稲葉の音しか聞こえない田園地帯における秋の夕暮時の異様なまでの静けさをいう。

判詞 **〇梢に告ぐるといへる…** 「梢に告ぐる」というフレーズが何らかの由緒があるかと想定する。具体的に何に基づくのかは不明。**〇思ふ間にといへる…** 歌にもよるが俊成は「間」という語が歌に詠まれる場合に批判することがある。本歌の場合は、「間」という語がどれほどの時間を示しているのかが漠然としていることを言うか。

〇末の句 この場合、下句全体をさす。

〔補説〕 どちらも夜が来る前の寂寥感をそそる「音」をテーマとして詠まれている。左は、古今集のひぐらしの歌の発想を活かした歌で、俊成は、心深く由緒ある表現として四句の「梢に告ぐる」を評価している。右は「秋の夕暮」を月を待つ時空として捉えようとするが、門田の稲葉の音に、その寂寥感を思い知らされるという設定。

二十番

左

39 長《なが》月の月のひかりの影《かげ》ふけてすその、原《はら》にを鹿鳴《じかな》くなり

右勝

40 月見《み》ばと契りおきてしふるさとの人もや今宵《こよひ》袖ぬらすらん

すその、原《はら》にといへる、心ふかく姿《すがた》さびたり。たゞし、人もや今宵《こよひ》といへる、こと葉をかざらずといへども、あはれことに深《ふか》し。右なほ勝《まさ》るべし。

〔校異〕 39〇かけふけて—底本「かけふかく」を中大本・永青文庫本によって改める。
40ナシ

判詞○はらにと―原と（中）。○こと葉を―ことは（中）。ことは（永）。○かさらす―かさらする（永）。

〔現代語訳〕

39 九月の月の光の影が更けていき、山の裾野の原では雄鹿が鳴いている声が聞こえてくる。

40 月を見れば（お互い思い出そう）と約束した、以前住んでいた里に暮らすあの人も、今宵は（月を見て私と同じように涙で）袖を濡らしているのだろうか。

判詞「裾野の原」というのは、歌の心が深く、その姿は荒涼としています。ただし、「人もや今宵」というのも、歌の詞としては飾らずに表現したといっても、哀れが殊に深いものです。右がやはり優っています。

〔他出〕 39聞書集・八九・初句「あきのよの」、「（あきの月をよみけるに）」。夫木抄・九八四八・初句「秋のよの」、「家集、秋月を」。

40新古今集・羇旅・九三八。西行法師家集・一八六、「（月）」。玄玉集・天地歌下・二一八。御裳濯集・秋中・四二四。西行物語・一二五。定家八代抄・羈旅・八二七。定家十体・濃様・二二六。自讃歌・一六五。

〔語釈〕 39**○長月の月** 九月の月で、晩秋の月をいう。**○すその丶原** 山の麓、裾に広がる野原。西行の時代には「高砂の尾上の風や寒からん裾野の原に鹿ぞなくなる」（清輔集・鹿・一一八）や「を鹿鳴く裾野が原をまがきにて秋のすみかとなれる山里」（唯心房集・四九）のように詠まれている。

40**○月見ばと** 月を見たならば、の意。**○契りおきてし** 月を見ればお互いのことを思い出すという約束をいう。**○ふるさと** ここでは、かつて自分が住んでいた所をいう。

判詞**○さびたり** 「寂び」で寂寥感のある歌の装いをいう。**○かざらずといへども…** 和歌の表現として特に複雑な詞構成を取らなくても、人を思う哀れな感情が率直に表明されていて評価できるとする。

〔補説〕 月をめぐる歌を配した。左は、「長月」「月」「ひかり」「影」と秋の月影を表現するのに上句全体を用い、それが狙いとはいえ、ややくどい物言いになっている。右は、俊成が言うように和歌的修辞を用いず、また詞足らずな表現であるが、月を通しての人恋しさをテーマとしていて、哀れが深いと評価されている。新古今集では羇旅部に入り、旅先での歌として理解する。なお出家遁世して間もなく詠まれたと思われる「月のみやうはの空なるかたみにて思ひも出でば心かよはん」（山家集・七二七、「はるかなる所にこもりて、都なる人のもとへ、月の比つかはしける」）といった西行自身の先例が知られる。

二十一番

左持

41 きりぐ〳〵す夜寒《さむ》に秋《あき》のなるまゝに弱《よわ》るか声の遠《とほ》ざかりゆく

右

42 松《まつ》にはふまさのはかづら散りにけり外山の秋《あき》は風すさむらん

左右ともに姿《すがた》さび、こと葉をかしく聞《き》こえ侍り。右《みぎ》の、まさのはや少《すこ》しいかにぞ聞《き》こゆれど、外山《とやま》の秋《あき》はなどいへるすゑの句、優《いう》に侍れば、なほ持と申すべくや。

【校異】　41ナシ

42○まさのはかつら―底本「まきのはかつら」を中大本・永青文庫本によって改める。なお中大本は「まさき《の》の《は》」。○すさむ―すさふ（永）。

判詞○さひ―ナシ（中）。○まさのはや―底本「まきのはや」を、「まさのはそ」（中）「まさの葉そや」（永）によって「まき」を「まさ」に改めた。○きこゆれと―きこゆれとも（中）。○するの句―末句（中）。

【現代語訳】

41　蟋蟀は、秋が夜寒になるにつれて、その命は弱っていくのか、鳴き声が（寒さにつれて）遠ざかっていくよ。

42　松に這う柾の葛はすっかり散ってしまった。この外山の秋は、それ程、風が吹き荒んでいるのであろう。

判詞　左右の歌は、ともに姿が寂れていて、詞も趣深く聞こえます。右の歌の「まさの葉」は少しどうかと思われますが、「外山の秋は」などという末の句は優美ですので、やはり持と申すべきでしょうか。

〔他出〕　41新古今集・秋下・四七二。西行法師家集・二七〇、「虫」。西行物語・一三四。定家十体・幽玄様・一四。自讃歌・一六六。

42　新古今集・秋下・五三八・二句「まさきのかづら」五句「風すさぶらん」。玄玉集・草樹下・六九七・五句「かぜすさぶらん」。西行法師家集・雑・六一九・二句「まさきのかづら」三句「ちりぬなり」。御裳濯集・秋下・四八三、「落葉歌とてよめる」。西行物語・一五六・二句「まさきのかづら」。

〔語釈〕　41**○きり〳〵す**　今でいう蟋蟀のこととされる。**○夜寒**　秋の終わりになり夜の寒さが増してくること。「夜寒」と「きりぎりす」の取り合わせで、西行には「きりぎりす夜寒になるを告げ顔に枕のもとに来つつなくなり」（山家集・四五五）がある。**○弱る**　秋の終わりに生命の弱りを重ねる。山家集の「秋深みよわるは虫の声のみか聞くわれとても頼みやはある」（四五七）を参考にすると、自分自身の生命の儚さへの意識もあるか。**○遠ざかりゆく**　蟋蟀の声が弱々しくなっていくことをいう。

42**○まさのはかづら**　柾の葛で、蔓性の植物。古今集の神遊びの歌、「み山には霰降るらし外山なるまさきの葛色づきにけり」（一〇七七）を踏まえるか。**○外山の秋**　西行がつくった歌句表現。外山は、里側に近い山をいう。**○風すさむらん**　風が勢いにまかせて吹き荒れるさまをいう。松に絡む葛が、風に吹き散らされる様を見て、外山の風の凄まじさを思う。「すさむ」は自然現象の荒々しさをいう。西行独特の語で、後に新古今時代に流行する。他にも「誰すみてあはれ知るらん山里の雨降りすさむ夕暮の空」（宮河歌合・二十六番右／新古今集・雑中・一六四二）がある。

判詞○**まさのはや少しいかにぞ**　古今集の「まさきのかづら」というフレーズをそのまま用いずにアレンジしたことに対して言うか。

【補説】　晩秋の風景で合わせる。左は、あれほど鳴いていた虫たちの声が、冬が近くなるにつれて、次第に少なく小さくなっていく様を詠む。「秋深く成り行くままに虫の音の聞けば夜毎に弱るなるかな」（堀河百首・虫・八二九・隆源）といった先例がすでにあるが、小さな身体に宿る生命の行方に関心を寄せるのは西行の特徴でもある。また西行の場合には、語釈「夜寒」の山家集の用例のように、枕元で鳴く一匹の虫を、閑居の友の如く捉えて詠んでいるような面も見られる。「きりぎりす」を独り寝の友として詠んだ歌に「独り寝の友には馴れてきりぎりす鳴く音を聞けばもの思ひ添ふ」（山家集・独聞虫・四五九）がある。

右は、松に這う色付いた葛が散り、風が吹き荒れる外山の秋を思う。久保田注（ソフィア文庫）は、「深山の谷間の庵などにいて上句のような風景を見つつ、外山を思いやった歌か」とし、窪田注は、「暮秋の頃外山を歩き松に這ふまさきのかづらの散つてゐるのを発見したのであらう。山里に住む作者には、行きなれ、又見なれた親しいものであつたらう」とする。ここでは窪田注に近い読みをしたが、詠作主体の立つ位置については意見がわかれ、検討の余地が残される。俊成も評価した「外山の秋」というフレーズであるが、頓阿は、このことばを、京都東山の長楽寺にて「里人は衣うつなりしがらきの外山の秋や夜寒なるらん」（草庵集・六〇六）と詠んでいる。

廿二番

左勝

43
霜さゆる庭《には》の木の葉をふみわけて月は見るやととふ人もがな

右

44

山河にひとりはなれてすむ鴛《をし》の心しらる丶波《なみ》のうへかな

右《みぎ》の歌も、いみじく艶《えん》には聞《き》こゆれど、左《ひだり》の歌、なほ姿《すがた》ことによろし。勝《まさ》るとや申すべし。

〔校異〕 43○月は―月を《は》（中）。

44ナシ

判詞○みぎの歌―右歌（中・永）。○きこゆれと―きこえ侍れと（永）。○ひだりの歌―左歌（中・永）。○すかた―心すかた（中・永）。○まさるとや―勝と（中）。かつと（永）。

〔現代語訳〕

43 霜が冴える庭の木の葉を踏み分けて「月は見てるか」と尋ねる人がいたらなあ。

44 山の中を流れる川にあって、ひとりで離れて住んでいる鴛の心が知られる波の上であるなあ。

判詞 右の歌も、たいそう艶には思われますが、左の歌は、やはり歌の姿が特によいものです。勝ると申すべきです。

〔他出〕 43千載集・雑上・一〇〇九、「寒夜月といへる心をよみ侍りける」。山家集・五二一、「閑夜冬月」。西行法師家集・二八三、「閑夜冬月」。山家心中集・雑上・二六三、「しづかなる夜の冬月といふ事を」。定家八代抄・雑下・一七一二。

44ナシ

〔語釈〕 43**○霜さゆる庭の木の葉** 霜が冷え冷えと庭の木の葉に置いていることをいう。下句から、冬の澄み切った月光が降り注ぐことによって、その霜が冴え渡っていることを意識させる。なお木の葉を踏み分け訪う人をテーマにした歌では古今集の「秋は来ぬ紅葉は宿にふりしきぬ道踏み分けてとふ人はなし」（秋下・二八七・よみ人知らず）が知られる。**○月は見るやと…** 冬の寒さが厳しい夜にあえて、冴え渡る月を見るために尋ねてくる友を想定する。閑居の素材として、尋ねてくる人を素材にした詠歌は多い。西行の「花も枯れ紅葉も散らぬ山里はさびしさをまたとふ人もがな」（山家集・五五七）や同時代では、千載集の当該歌の前に置かれる「閑居月」を詠んだ「さびしさも月見るほどはなぐさみぬ入りなんのちをとふ人もがな」（千載集・一〇〇八・藤原隆親）などがある。

44 **〇山河**　山中を流れる川で、作者の今居る環境を想定させる。**〇すむ鴛**　ガンカモ科の水鳥で、冬に詠まれる。雌雄仲よく常に二羽で寄り添っている鳥として知られるが、雌と引き離された雄を詠むことが多い。「住む」に心が澄むの「澄む」を掛けるか。**〇心しらるゝ**　孤独に山中の川で過ごす鴛の心を思いやり、遁世者として共鳴している。山家集に「鹿の音を聞くにつけてもすむ人の心知らるる小野の山里」（山家集・四四一）がある。**〇波のうへかな**　自身の山中の庵の粗末な床から波上の鴛の独り寝の床に思いを馳せるか。俊成の「かつこほりかつはくだくる山川の岩間に結ぶ暁の声」（新古今集・冬・六三一）があるように冬の山川は厳しい自然環境であることが想定されている。

判詞 **〇右歌も、いみじく艶には…**　今までの例から言えば「さび」とあるべきところで、右の歌に艶なる要素を見る俊成の判詞をどう理解するかは難しい。ひとり離れて寝る鴛に恋慕に耐える姿を読み取ったか。

〔補説〕　二十二番は、冬の中での隠者の孤独をテーマとしている。左は、冬の夜の月をテーマとして閑居の友を求めるという趣向である。冬の月については拾遺集の「天の原空さへ冴えやわたるらん氷と見ゆる冬の夜の月」（冬・二四二・恵慶）と早くから見られるが、霜が置いた地上への視点があるのは、藤原清輔の「冬枯れのもりの朽ち葉の霜の上に落ちたる月の影のさむけさ」（新古今集・冬・六〇七）と共通するものがある。西行歌は純粋な叙景歌ではないが、上句の「霜さゆる庭の木の葉をふみ分けて」は、木々の葉が散り果てて遮るものがなくなった庭一面に月と霜の光が満ちあふれる冬の夜の独特の風景を意図して詠んでいるように思われる。

右は、二羽で仲良くいるはずの鴛が、厳冬の山中の川に一羽であえて住んでいる。そのような環境で生活している鴛はまさに心を澄ました隠者としての仲間なのである。なお語釈でも触れたが、鴛は和歌では冬の素材であり、その独り寝が詠まれてきた。古今六帖の「をし」の題を見ると以下のような歌が見える。

羽の上の霜打ち払ふ人もなし鴛のひとり寝今朝ぞかなしき（一四七五）

冬の夜を寝覚めて聞けば鴛ぞ鳴く払ひもあへず霜やおくらん（一四七六）

西行の一首もこのような系統上に位置するのであるが、遁世者としての理想を鴛に見ていて深く共鳴する姿勢があるところに中世的な要素が付与されているのだと思われる。

廿三番

左持

45 大原《おほはら》や比良《ひら》のたかねのちかければ雪《ゆき》ふる里《さと》を思《おも》ひこそやれ

右

46 枯《か》れ野うづむ雪《ゆき》に心をしかすればあたりの原《はら》にきゞすたつなり

左《ひだり》の歌は、たゞ言葉にして心あはれふかし。右《みぎ》は、心《こゝろ》こもりて姿《すがた》たけあり。なずらへて持とす。

〔校異〕 45○おほはらや—大原は（中）。○ひらの—ひえ《ら》の（中）。○ふるさとを—底本「ふるさとに」を中大本・永青文庫本により「に」を「を」と改める。ふる程《ほと》を（中）。ふるさとを（永）。

46○あたりの—あたちの（中・永）。○きゝすたつなり—きゝすなくなり（中）。

判詞○ひだりの歌は—左（中）。左歌（永）。○心あはれふかし—あはれふかし（永）。

〔現代語訳〕

45 大原では比良の高嶺が近いので、雪が降る古里の厳しさをこちらでも思いやっていますよ。

46 枯野を埋める雪に私の心までも敷かせていると、周辺の野原に雉子が突然飛び立つ音がするよ。

判詞 左の歌は、普通の言い回しでいて、その情趣は哀れも深いものがあります。右は作者の心が籠もっていて、姿も長けある歌です。同程度と考えて持とします。

〔他出〕 45新勅撰集・冬・四一五・初句「おほはらは」四句「ゆきふるほどを」、「高野に侍りけるころ、寂然法師大原にすみ侍りけるにつかはしける」。山家集・一一五五、初句「大原は」四句「ゆきふるほどを」、「寂然入道、大原にすみけるにつかはしける」。西行法師家集・七二四・四句「雪ふる戸ぼそ」。玄玉集・天地下・三二〇・初句「大原は」四句「雪ふるほどを」、「大原の寂然がもとにいひつかはしける」。唯心房集・一二四、初句「おほはらは」四句「ゆきふるほどを」、「冬ごもるころ西行がもとより」。西行物語・二〇五・初句「をはら山」四句「雪ふるほどを」五句「おもひこそしれ」。

46夫木抄・九八六九・三句「まかすれば」四句「かたちのはらに」五句「きぎすなくなり」、「御裳濯河歌合」。

〔語釈〕 45 **〇大原** 山城国の歌枕（現、京都市左京区北東部）。比叡山西麓にあり、平安末期の遁世地として有名。西行も滞在していた時期があり、この歌を送った寂然が当時住していた。**〇比良のたかね** 比良山。琵琶湖西岸に聳える連山をいう。修験の霊山としても知られる。比良山は万葉集から歌に詠まれるが、勅撰集では千載集から見られ、雪が降り、風の強いところとして琵琶湖とともに詠まれるようになる。「ささ波や比良の高嶺の山おろし紅葉を海のものとなしつる」（千載集・三六六・範兼）など、志賀の風景を構成する重要な地として捉えられる。

46 **〇枯れ野** 冬の風景として源俊頼や藤原基俊あたりから詠まれるが、西行は特にこのことばに関心を示していて、陸奥にて、藤原実方の塚を見て詠んだ、「くちもせぬその名ばかりをとどめおきて枯野の薄かたみにぞ見る」（山家集・八〇〇）など七首ほどの用例が確認できる。**〇しかすれば** 敷かすればか。意味不明。夫木抄「まかすれば」と本文も確定しない。井上注は、「「しかす」は「しく」（敷く・領く）の未然形に助動詞「す」の付いた形か」とする。**〇あたりの原** 「あだちの原」や「浅茅の原」（島根図書館蔵本）「かたちの原」（夫木抄）と本文が確定しない。

なお「贈定家卿文」には「あたりの原に雉子立ちなむ」とある。ここでは周辺の原という意でとっておく。**○きゞす** 雉子。鋭い鳴き声と、急に飛び立つ特性を持つ。西行には「おひかはる春の若草待ちわびて原のかれ野にきぎすなくなり」（山家集・三二）という歌がある。

判詞○たゞ詞にして… 複雑な詩的表現技法を用いずに人を思いやる哀れ深い歌をつくる力量をほめる。**○姿たけあり** 「たけあり」とされる評価の理由が不明であるが、この場合、品位があるということか。

〔補説〕 左は、山家集や唯心房集の詞書によれば大原で冬ごもりの行をしている寂然の許に西行から送られた見舞い歌であったことがわかる。寂然は、俗名、藤原頼業。藤原為忠男。西行の隠者仲間の一人で、歌人としても著名で、西行に対して以下のように返歌している。

　おもへただ都にてだに袖さえし比良の高嶺の雪のけしきを（山家集・一一五六）

西行が高野山からこの歌を送ったとするのは新勅撰集の詞書だけである。寂然の返歌からすると西行はこの時、都に居たとも読める。高野の西行と大原の寂然には十首ずつの歌の贈答が山家集に載るなどしていて、新勅撰集撰入時に、定家はこの一首もそのような歌と考えたか。

右に関しては、三句、四句にかけて歌の本文が確定せずに、意味も不明瞭である。ただし語釈にも書いたが西行は「枯野」ということばに興味していてその点は注目される。本歌のように枯野が「心」の状態と関係があるものに、「霜かづく枯野の草のさびしきにいづくは人の心とむらん」（山家集・五〇八）・「見ればげに心もそれになりぞ行く枯野の薄有明の月」（西行法師家集・五五五）がある。「見ればげに」の歌は、心敬の『ささめごと』において「昔、歌仙に、ある人の、この道をばいかやうに修行し侍るべきぞと尋ね侍れば、「枯野の薄有明の月」と答へ侍りしとなり。これは言はぬ所に心をかけ、冷え寂びたるかたを悟り知れとなり」として引かれる。このような西行の歌は、中世後期に顕在化してきた概念である「冷え」や「寂び」の美意識と関係付けられて享受される。

本歌は枯野と有明の月との合わせではないが、有明の月あかりにも通じる「雪」との重なりを問題にしている。

三句の「しかすれば」がよくわからないが、上句では、枯野と雪の寒々とした白い風景に自らの心を重ねることによって静寂の境地を表現しようとしたと考えられ、新しい中世の美的観念を提示した作品として注意される。なお、下句の作意については、生命の死滅した冬の風景に突如して現れる威力のある生命に対する眼差しや、静寂さを強調するための雉子のざわめきといった着想が想定され、今後の検討の余地を残す。

廿四番

左

47 数《かず》ならぬ心のとがになしはてじ知《し》らせてこそは身をもうらみめ

右勝

48 もらさでや心のそこをくまれまし袖にせかるゝ涙《なみだ》なりせば

両首の恋《こひ》、ともに心ふかしといへども、右歌《みぎ》、なほよしありて聞《き》こゆ。勝《まさ》るべくや。

〔校異〕 47ナシ

48○そこを―うちを（中）。○くまれ―くたか（中）。

判詞○両首のこひ―底本「の」は補入。両首の歌《恋》（永）。○いへとも―いへるも（永）。○よし―よし《ゆへ》（永）。○まさるへくや―勝へくや（中）。なお底本は「まさると《へく》」。

〔現代語訳〕

47 ものの数にならない身の所為にしてしまうことはしまい。せめて自分の恋心を知らせて（かなわぬ恋だとわかってから）こそ、自分の下賤なこの身をも恨むことができるのだ。

48 涙を漏らすことなく、私の心の底をあの人は理解してくれただろうか。もし袖にせき止められる程度の涙であったならば。

判詞 両首の恋歌は、ともに恋の思いが深く表現されていると言いましても、右の歌は、やはり恋の歌として由緒があるように思われます。勝るとするべきでしょうか。

〔他出〕 47新古今集・恋二・一一〇〇。山家集・六五三、「恋」。西行法師家集・三一八・三句「なしはてて」、「(恋)」。山家心中集・恋・七九。西行物語・一七五・三句「なしはてて」。

48ナシ

〔語釈〕 47**○数ならぬ** 身分が低い階層のことをいう。身分違いの恋であることを示唆する。**○心のとが** 身分や出自を理由にして恋の告白をためらう心の弱さをいう。**○なしはてじ** 「なしはてて」とする本文もあるが、この場合には四句が「知らせでこそは」となり、身分違いの恋から結局は告白できない身を恨む歌となる。なお「なしはてで」と読むと「なしはてじ」と同じ程度の意味となる。ここでは禁断の恋にあえて挑もうとする歌と読んでおく。

48**○もらさでや** 「もらす」「くむ」「せく」「涙」と縁語で仕立てている。

判詞**○右歌、なほよしありて聞こゆ** 忍恋の歌として正統な表現になっているという意。

〔補説〕 この番から恋歌になる。恋心を漏らしてしまうという展開を詠んだ歌を合わせた。左の歌に関しては、身分違いの恋をテーマとしていて、背後に物語性や事件性を潜ませる。後の番にてまた述べるが、西行は自分の恋歌に何らかの物語性を潜ませて詠む傾向がある。右の歌については左と比べると無難な恋歌と言える。俊成はこの右の歌をより評価するが、新古今集に入集したのは左の歌であった。新古今の撰者たちは、西行の恋歌にも何らかの物語性を期待していた。

廿五番

左

49 あやめつゝ人知《し》るとてもいかゞせんしのびはつべき袂《たもと》ならねば

右勝

50 たのめぬに君来《きみく》やと待つよひの間《ま》のふけゆかでたゞ明《あ》けなましかば

左《ひだり》、しのびはつべきなどいへる末《すゑ》の句、いとをかし。はじめの五文字《もじ》や、いかにぞ聞《き》こゆらん。右《みぎ》の歌、心《こゝろ》ふかくやあらん。又右《みぎ》、勝《まさ》るとすべし。

〔校異〕 49○たもとならねは―涙ならねば（中）。
50ナシ
判詞○はつへきなと―はつへきと（中）。○すゑの句―末の句は（中・永）。○はじめの五もじ―初五字（中）。○みきの歌―右歌（中）。○こゝろふかく―心猶ふかく（中・永）。○又みぎ―又右歌（中）。又右猶（永）。○まさるとすへし―まさるへし（永）。

〔現代語訳〕

49 （涙の多さを）怪しまれ続けて、（その挙句に）私の恋を人が知ったとしてもどうだというのだ。（涙で漏れて）隠し通すことができる袂ではないのだから。

50 期待できる約束もないのに「あなたが来てくれるのでは」と待つ宵の間は、更けないでただ夜明けだけがすぐ来て欲しいものだ。

判詞 左は、「しのびはつべき」という末の句がたいそう趣があります。しかし初句の五文字はどうかと思われます。右の歌は、恋の心が深いのではないでしょうか。また右の歌を勝るとすべきです。

〔他出〕 49山家集・六六〇、「(恋)」。西行法師家集・三二八、「(恋)」。山家心中集・恋・八〇。夫木抄・一七二九九、「恋歌中」。

50新古今集・恋三・一二〇五、「恋歌とてよめる」。西行法師家集・六五四・三句「よひのまは」五句「明けなましものを」、「(恋歌中に)」。月詣集・恋上・三九九・四句「ふけふけてただ」、「百首の歌の中に、恋のこころをよめる」。定家八代抄・恋三・一〇八五。

〔語釈〕 49**〇あやめつゝ** 「あやむ」は、怪しむ、不可解に思うの意。「あやし(怪し)」が動詞化したもの。「恋すとも身のけしきだに変はらずはいはぬに人のあやめましやは」(散木奇歌集・一二二二)、「おぼつかないかにと人の呉織《くれはとり》あやむるまでに濡るる袖かな」(山家集・恋・五八〇、「涙顕恋」)。

50**〇たのめぬに** 男性の訪れが期待できない状況にあることをいう。**〇君来やと待つ** 来ないとわかっていても宵の間だけは待たずにいられない、どうしようもない恋心をいう。**〇たゞ明けなましかば** 来ないのに待ち続けることの辛さや絶望の深まりから夜を恐れる心理をいう。

判詞**〇はじめの五文字や、いかにぞ…** 「あやめつゝ」をさす。ただし俊成は、このことばを用いた歌を千載集に撰入している。「おきてゆく涙のかかる草枕露しげしとや人のあやめん」(千載集・恋三・八二三・よみ人知らず)。初句で強調するように置いたことへの非難か。

〔補説〕 左は、忍恋の歌、右は、待恋の歌で女人の立場で詠まれている。どちらも特別な技巧を用いることなく、恋の思いの深さを表現しようとしている。

廿六番

左持

51 世をうしと思《おも》ひけるにぞなりぬべき吉野《よし》の奥《おく》へ深《ふか》くいりなば

右

52 かゝる身に生《お》ほしたてけんたらちねの親《おや》さへつらき恋《こひ》もするかな

左《ひだり》の吉《よし》野の奥《おく》へいり、右《みぎ》の親《おや》さへつらき恋《こひ》の心、ともに深《ふか》く聞《き》こゆれども、大かたはこのいづこへといふへの字は、これ又ふるくも近《ちか》くも人のよむことにあれど、こひねがふべきにはあらざるなり。これも思《おも》ふところを此ついでに申しいづるなり。たゞし、歌のほど持とす。

〔校異〕 51ナシ

52ナシ

判詞○ふかく―ふかくは（中・永）。○きこゆれとも―きこゆ（中・永）。○はこのいつこへといふへの字はこれ又―ナシ（中）。○いつこへ―底本「いつゑ」を永青文庫本により改める。なお永、「いつく《こ》へ」。○への字は―底本「一字は」を永青文庫本により改める。○人の―「の」ナシ（永）。○にあれとこひねかふへきにはあらさる―底本ナシ。中大本・永青文庫本により補う。なお永、「にあれと」は「にはあれと」とする。○なり―へし（永）。○此つゐてに―事の次に（中）。○申いつる―申侍る（中）。

〔現代語訳〕

51 世を憂く辛いものだと私が思ったことにきっとなってしまうのだな。（恋の思い故に）吉野の奥へ深く入ってしまったならば。

52 適わぬ恋に苦しみ続けなければいけないような身の上として生み育ててくれた母親までもが恨めしく思われるほど辛い恋をするのだなあ。

判詞 左の吉野の奥へ入り、右の親さえ恨めしいとする恋の心、ともに深く思われますが、大方は、この「いづこへ」という「へ」の字は、これもまた古い時代も近い時代も人が歌に詠むことではありますが、好んで用いてはいけないものです。これも思う所をことのついでに申しました。ただし歌の勝負の程は持とします。

〔他出〕 51ナシ

52山家集・六七七、「(恋)」。西行法師家集・三二五、「(恋)」。山家心中集・恋・一〇三・初句「かゝる身を」。万代集・恋三・二三四五、「恋歌の中に」。

〔語釈〕 51**○吉野の奥** 西行が使いはじめたフレーズか。以後、中世和歌に継承されていく。西行は桜を求めて分け入ると詠み、恋愛のために入りゆくとも詠む。恋愛と遁世の聖との関係を考えさせられる歌である。「山人よ吉野の奥のしるべせよ花もたづねんまた思ひあり」(山家集・一〇三四)。

52**○かゝる身に** 下層・地下の身分をいう。身分・階層の問題で、高貴な女人との適わぬ恋愛を強いられることに絶望する。**○生ほしたてけん** 養い育てる。育てあげる。**○たらちねの親さへつらき** 「たらちねの親」で母親をいう。このような身に生み育てた母親までもが恨めしいと屈折した心情をいう。

判詞**○いづくへ…** 先に「ま」という字の使い方について注意したように、ここでは「吉野の奥へ」の「へ」を気にする。一首の中でこの音だけが浮いているということか。この歌合の判詞を見るであろう定家らの眼を意識した書きぶりか。

〔補説〕 両首とも西行その人の恋物語を想起させるようなつくりになっている。禁欲的な遁世の世界における桜への思いに悩み続けた聖《ひじり》は恋愛に対しても特殊な作品を残している。左は、吉野の奥に入るのは女人への恋慕が原因との告白歌になっている。西行は、「はるかなる岩のはざまにひとりゐて人目思はでもの思はばや」（新古今集・恋二・一〇九九）と、大峰の行場の洞窟に籠もり仏を観ずるがごとく女人を想うのだといったような問題作を残しており、このような歌は注目される。

右については、このように恋に悩み続けるような業深い身に生み育てた母親に対する恨みを詠んだとする説もある（久保田淳氏『西行　山家集入門』）。ここでは西行の恋歌の大きなテーマである身分違いの恋を詠んだ歌として理解しておく。

廿七番

左

53 人は来《こ》で風のけしきはふけぬるにあはれに雁《かり》のおとづれてゆく

右勝

54 物思《おも》へどかからぬ人もあるものをくやしかりける身の契《ちぎ》りかな

左《ひだり》も心ありてをかしくは聞《き》こゆ。右《みぎ》の歌、なほよろし。勝ると申すべし。

〔校異〕　53○けしきは―けしきも（永）。
54○くやしかり―あはれなり（中）。くやしかり《あはれなりイ》（永）。
判詞○心ありて―心あり（永）。○みきの歌―右歌（中）。右歌《□□イ》（永）。○まさると―勝と（中）。まさるへし《と》（永）。

〔現代語訳〕
53 あの人は私のところへは来ないで、外の夜風が更けゆくような気配の中で、哀れにも雁が訪れて鳴きながら行くことよ。

54　いくら恋に物思いをしても、このように深刻なことにならない人もいるのに、何と悔しいこの身の因果なのか。

判詞　左も恋する人の心がしっかり表現されていて、趣があると思われます。（しかし）右の歌はさらによいです。勝ると申すべきです。

〔他出〕　53新古今集・恋三・一二〇〇・二句「風のけしきも」。西行法師家集・六五三、二句「風のけしきの」、「（恋歌中に）」。西行物語・一五七・二句「風のけしきも」。定家十体・面白様・二〇一・二句「風のけしきの」。54千載集・恋五・九二八・初句「物おもへども」四句「あはれなりける」。山家集・六七一・初句「ものおもへども」四句「あはれなりける」、「（恋）」。西行法師家集・三五二・四句「哀なりける」、「（恋）」。山家心中集・恋・一〇五・初句「ものをもへとも」四句「あはれなりける」。定家八代抄・恋五・一三八四・四句「哀なりける」。

〔語釈〕　53○**風のけしきはふけぬるに**　風の吹き方や音の変化から夜が更けていくのを感じる。「けしき」は気色で、漢語。全体の様子や気配をいう。○**おとづれて**　「訪れる」と「音を立てる」の意を掛ける。54○**物思へど**　字余り。千載集や山家集などは「ものおもへども」と二字あまりの初句になっている。○**かからぬ人**　自分の身のような、恋ゆえの深刻な苦しみを経験しない人をいう。○**くやしかりける**　「あはれなりける」（中大本・山家心中集）とする本文が多く、悔しがるより自分自身の身を哀れむという趣旨の方が西行らしいか。○**身の契り**　このように恋に苦しむ身として生まれた因縁をいう。どうしてもかなわぬ身分違いの恋故の苦しみを背景に置いて理解すべきであろう。

〔補説〕　左は、夜更けの風の気色や雁の音といった主人公を取り巻く自然環境が、恋愛の哀れな情を痛切に呼び起こすという作品で、女人の立場になって詠む。右の歌は、主人公の身に染みついた恋愛の苦しみを、自身の業の深さにまで思いやって理解しようとする。右は、二十六番の右歌の親さえ恨む恋のモチーフとともにやはり西行の恋歌の特徴として捉えるべきで、禁忌の恋愛だからこそ、人が経験することのない、身の契りまで悔しがるのであろう。

廿八番

左持

55 なげゝとて月やは物を思《おも》はするかこち顔《がほ》なる我が涙《なみだ》かな

右

56 知《し》らざりき雲井のよそに見し月のかげを袂《たもと》にやどすべしとは

左右両首、ともに心すがた、優《いう》なり。よき持とすべし。

〔校異〕 55ナシ
56ナシ
判詞○左右両首―「左右」ナシ（中）。○心すかたゆうなり―心ふかくすかたをかし（中）。心ふかくすかたゆふなり（永）。

〔現代語訳〕
55 嘆けといって月が物思いをさせるのであろうか、いやそうではない。（これは恋故の涙なのだ。）そうであるのに、あたかも月の所為であるように振る舞おうとする私の涙だな。
56 知らなかったよ。大空の遠くに見ていた月の光を袂の涙に宿すことになるとは。
判詞 左右の両首は、ともに作者の心が深くあらわれていて優艶です。良き持とすべきでしょう。

〔他出〕 55千載集・恋五・九二九、「月前恋といへる心をよめる」。山家集・六二八、「（月）」。西行法師家集・三五

三、「(恋)」。山家心中集・恋・七七。百人秀歌・八八。百人一首・八六。定家八代抄・恋五・一三六四。八代集秀逸・六八。近代秀歌・一〇〇。詠歌大概一〇三。時代不同歌合・二二一。

56千載集・恋四・八七五。山家集・六一七、「(月)」。西行法師家集・三二五、「(恋)」。山家心中集・恋・七四。定家八代抄・恋五・一三六七。西行物語・一一五・三句「見る月の」。

〔語釈〕 55**〇月やは物を** 「やは」は反語。月を見て感傷的になり涙を流しているのかと自己の心を省みて、いやそうではないと確信する。**〇かこち顔なる…** 「かこつ」は他のせいにするという意。「顔」はそのような様子を見せる意。本当は恋ゆえの涙であるのだが、あたかも月がそうさせているかのように見せる演技的な涙をいう。

56**〇雲井のよそに** 天空の遥か遠くのところをいう。「雲井」は雲のある所で大空をさし、宮廷・内裏を暗示する。「よそ」は、遥かに遠いところをいう。**〇月** ここでは高貴な女人を暗示する。『源平盛衰記』など中世期においては、西行の出家遁世は女人故の発心ともされた。**〇かげを袂に…** 袂に恋の苦しみゆえに流した涙が置き、そこに月の光が影を宿すことをいう。女人は手の届かない存在ではあるが、夜になると、その面影が、つねに身に纏ってくるのである。

判詞**〇よき持** 両首とも千載集に入集しているところからも、高い評価を得ていることがわかる。

〔補説〕 恋の最後の番では「月」にまつわる恋歌を配した。左の月は、恋の涙をカモフラージュする、秋の感傷的な月であり、右は、恋慕する女人そのものをあらわす月である。左は、藤原定家が『百人一首』に入れたように西行の代表歌の一首と考えられていた。同じ山家集の月に寄せる恋歌群の中には「よもすがら月を見顔にもてなして心の闇にまよふ比かな」(六四〇)といった作品もある。右は、「雲井の月」にさらに「よそに」とその距離の遠さを強調しているところから、かなり高貴な身分の女人がそこに想定されているとの解釈を支持したい。西行自身に実際にそのような経験があったという議論があるが、そのようなことは問題ではない。このような西行の恋歌が、『源平盛衰記』に見られるような高貴な女人の恋慕ゆえに発心・遁世する西行のイメージをつくり出したともされるが、そのようなことを想起させそうな歌のつくりであることは事実であろう。西行自身の意図として、御裳濯河歌合に身分違いの恋を思わせる歌が目立つのはどういうことかを考えてみる必要がある。

廿九番

左持

57 狩《か》りくれし天《あま》の河原《かはら》と聞《き》くからに昔《むかし》の波《なみ》の袖にか丶れる

右

58 津《つ》の国《くに》の難波《なには》の春《はる》は夢《ゆめ》なれやあしの枯《か》れ葉《は》に風わたるなり

ともに幽玄《ゆうげん》の躰なり。又持とす。

〔校異〕57○かりくれし―底本「かきくれし」を中大本により改める。かきく《り》れ《ら》し（永）。
58ナシ
判詞ナシ

〔現代語訳〕
57（惟喬親王や業平たちが）狩猟をして日を暮らしたその天の川原だと聞くとたちまち、その昔に立った波が（涙として）袖にかかってくるよ。
58津の国の難波の春は夢なのか。今、眼前ではただ葦の枯れ葉に風が渡っている音が聞こえるだけであるよ。
判詞 ともに幽玄の姿をしています。また持とします。

〔他出〕57山家集（松屋本書入六家集本）・一一一三・初句「あくがれし」、「天王寺へまいりけるに、かた野など申渡り過て、みはるかされたる所の侍けるを問ければ、あまの川と申をき、て、宿からんといひけんこと思ひ出されてよみける」。

58新古今集・冬・六二五。玄玉集・草樹下・七二三。西行法師家集・四〇八。撰集抄・二五・「春日に参る事」。西行物語・七〇。定家十体・心ある部・一〇一。自讃歌・一六七。

〔語釈〕 57**〇狩りくれし** 惟喬親王や在原業平が狩りをして日が暮れたという意で、伊勢物語八十二段を踏まえる。惟喬親王一行は天の河原で宴を催し、業平はそこで「狩り暮らしたなばたつめに宿からむ天の河原にわれは来にけり」（二四七）と詠む。**〇天の河原** 天の川は、河内国交野郡（現、大阪府枚方市・交野市）を流れ、淀川に入る。伊勢物語の風景を喚起させる地。**〇昔の波の袖に…** 場の気に促されて流れ出た涙が、その昔、業平たちが酒宴を催した天の川波ではないかとやや大袈裟に表現する。

58**〇津の国の難波の春** 「津の国」は摂津国（現、大阪府の北西部と兵庫県の南東部にあたる）。難波は、葦が群生する場所として知られる淀川の河口周辺をいう。能因の「心あらむ人に見せばや津の国の難波わたりの春のけしきを」（後拾遺集・春上・四三）を踏まえて歌をつくる。**〇夢なれや** 西行以前にはあまり用例は見えないが、後撰集の恋歌「うつつにもあらぬ心は夢なれや見てもはかなき物を思へば」（恋四・八七八・よみ人知らず）や和泉式部の「はかなくて忘れぬめるは夢なれやぬるとは袖を思ふなりけり」（和泉式部集・五六一）がある。**〇あしの枯れ葉** 院政期の冬の素材として詠まれる。「三島江や蘆の枯れ葉の下ごとに羽がひの霜をはらふをしどり」（田多民治集・九七）、「風わたる蘆の枯れ葉も降る雪のつもらぬほどぞうちそよぎける」（玄玉集・七二一・大進、「寒蘆の歌とてよめる」）。**〇風わたるなり** 「なり」は音により推定する助動詞。院政期より詠まれるフレーズ。「身のほどを思ひつづくる夕暮の荻の上葉に風渡るなり」（新古今集・秋上・三五三・行宗、「崇徳院御時百首歌めしけるに、荻を」）。

判詞**〇幽玄** 王朝時代の華やかな事物や人物の残像が歌の背後に揺曳しているような印象を与えるので言うか。

〔補説〕 左は、物語の場に立つことによって、川の水と自身の涙が同化していく感覚にとらわれていくさまを詠む。

山家集（松屋本書入六家集本）の詞書によればこの時、天王寺に参詣する途上であったという。
右の歌は、死滅した風景の向こう側に、すでに喪失した美しき華やかな世界の残像を探そうとする。見えない世界とコンタクトを取ろうとする心のあり方は両首共通している。なお、西行法師家集ではこの歌は「無常」の歌の配列の中に置かれている。無常という仏法の観念的な概念を和歌的な風景としてはどのように表出したらよいのかという視点で詠まれた歌としても見ることができる。

三十番

左持

59 しげき野《の》をいく一むらにわけなしてさらに昔《むかし》をしのびかへさん

右

60 枝《し》折《を》りせでなほ山深くわけいらん憂《う》きこと聞《き》かぬところありやと

左《ひだり》、心ことに深《ふか》し。右《みぎ》、いとふ心《こころ》又深《ふか》し。なほ持とすべし。

〔校異〕 59ナシ
60○ありやと―ありやは《と》（中）。
判詞○ことに―ことに《はイ》（永）。○いとふこゝろ又ふかし―又をかし（中）。

〔現代語訳〕
59 草が茂った野を、一群ごと幾つかに分けてなして、何度でも昔を偲び返そう。
60 枝折りをしないでさらに山深く分け入ろう。山の奥には憂きことを聞かない場所があるかと思って。

判詞　左は、作者の心が特に深く表現されています。右は、世を厭う作者の心が又深いものです。やはり持とすべきです。

〔他出〕　59新古今集・雑中・一六七八。山家集・七九六、「故郷述懐と云ふ事を、ときはの家にてためなりよみけるに、まかりあひて」。西行法師家集・五〇七、「為業朝臣ときはにて、古郷述懐といふことをよみ侍りしに、まかりあひて」。山家心中集・雑下・三二九、「ためなり、ときはの家にて、故郷思をのぶといふ事をよみ侍しにまかりあひて」。玄玉集・草樹下・六八六。西行物語・一二〇。

60新古今集・雑中・一六四三。山家集・一一二一、「おもはずなる事おもひたつよしきこえける人のもとへ、高野よりいひつかはしける」。西行法師家集・五四〇、「（述懐の心を）」。西行物語・一四八。

〔語釈〕　59**〇しげき野**　昔の思い出の場所が、荒れ果てて草むらに覆われているさまをいう。**〇一むら**　一群。ひとまとまりの意。その場その場にまつわる思い出を偲ぼうという意。古今集の「君が植ゑし一むらすすき虫の音のしげき野辺ともなりにけるかな」（哀傷・八五三・御春有助）のような歌の系譜を受けているか。**〇さらに昔を…**　大まかに回想するだけではなくて、その場その場にまつわる具体的な思い出まで細かに何度でも思いやりたいとする。

60**〇枝折りせで**　帰りの道しるべとなる枝折りをしないで山に入り、二度と俗世に帰ってこないことをいう。**〇憂きこと聞かぬ**　古今集「いかならむ巌の中に住まばかは世の憂きことの聞えこざらむ」（雑下・九五二・よみ人知らず）を踏まえる。

〔補説〕　左は、家集の詞書によれば「故郷述懐」の題で藤原為業の常磐の邸宅（現、京都市右京区常磐）で詠んだもの。為業は、藤原為忠の息で、遁世後は寂念と称した。兄弟の寂超、寂然とともに西行と親交があった。なお久保田注（全評釈）は以下のような歌からの影響を想定している。

はらからなる尼のすみかにまかりたりけるに、草深くなりていとあはれに見えければかへりていひやりけ

る

しげき野となれるすみかをかきわけてしかとはむとは思はざりしを（唯心房集・七〇）

右は厭世観をあらわにした高野山で詠まれた歌で、枝折りをせずに、高野山よりもさらに山深く分け入ろうとするところに作者の現世への絶望感が示される。

三十一番

左勝

61 あかつきの嵐にたぐふ鐘《かね》の音を心の底《そこ》にこたへてぞ聞《き》く

右

62 よもすがら鳥《とり》の音おもふ袖の上《うへ》に雪《ゆき》はつもらで雨しほれけり

右歌《みぎ》、末《すゑ》の句などをかし。たゞし、左《ひだり》の歌、殊《こと》に甘心《かんしん》す。よつてなほ勝《か》ちとす。

〔校異〕 61ナシ

62○雨しほれけり―雨しほれける（中）。

判詞○すゑの句―末句（中）。○をかし―いとをかし（中）。を《いとイ》かし（永）。○ひたりの歌―左歌（中・永）。○よつて―よりて（中）。○なをかちとす―「なを」ナシ（中）。猶持《勝》とす（永）。

〔現代語訳〕

61 暁に吹く嵐とともに鳴り響く鐘の音を心の底でしっかりと受けとめて聞くことだ。

62 夜を通して寒苦鳥の鳴く音を思う袖の上は、雪山の冷たい雪は積もらないで、涙の雨でぐっしょりと濡れているよ。

判詞 右の歌は末の句などがたいそう興をそそられます。ただし、左の歌は特に満足できる歌です。よって勝ちとします。

〔他出〕 61千載集・雑中・一一四九。山家集・九三八。西行法師家集・五四一、「（述懐の心を）」。山家心中集・雑上・一一五。定家八代抄・雑中・一六二九。

62聞書集・四五・五句「しをれけり」、「雪山之寒苦鳥を」。

〔語釈〕 61〇たぐふ 連れ立つ、一緒になるの意。嵐の激しい声にまじって鐘の音が聞こえてくることをいう。「秋くればくちばかつちるみ山べのあらしにたぐふかねのおとかな」（教長集・五一一、「泉殿御室にて人人まゐりて詩会ありしついでに、秋日山寺即事といふことをよめる」）。〇鐘の音 晨朝に撞く寺院の鐘の音。〇こたへてぞ聞く 反応・感応を示すことをいう。

62〇鳥 聞書集の題「雪山之寒苦鳥を」からすると、天竺の雪山（印度北方の雪を頂く山脈の総称、現、ヒマラヤ山とその周辺の山脈）に住むとされる寒苦鳥。〇雪はつもらで 巣を持たない寒苦鳥は、夜に雪や極寒に苦悩することからいう。〇雨しほれけり 寒苦鳥の苦しさと同じように宿を持つことがなく、雨に降られる修行者の自分を重ねて詠む。

判詞〇甘心 満足すること。評価する語として使われる。

〔補説〕 遁世者らしい歌がここから三番続く。左の歌は、修行の途上での宗教的感慨をテーマとしている。暁の嵐の吹きすさぶ中で聞こえてくる鐘の音に、宗教心の高まりを感じ取る。修行者としての緊張感が溢れる歌である。右の歌は、聞書集において「雪山之寒苦鳥を」の題で詠まれている。題詠であるが、この歌も、寒苦鳥と自己を重ねて無宿の聖《ひじり》のようなイメージを形成していよう。また寂然は「雪山之鳥」の題で「夜を寒み高ねの雪に鳴く鳥のあしたの音こそ身にはしみけれ」（法門百首・冬・三七）と詠み、その注において「寒山の鳥あり、夜なきていはく、寒苦われをせむる、夜あけば巣つくらん」と記している。寂然歌は、寒夜においては巣をつくることを思うが、実際は何もせずにまた同じ苦しさを繰り返してしまう寒苦鳥の鳴く声に、自分が体験した苦しみをすぐに忘れてしまう人の性を見ようとしている。右歌は、寒苦鳥の故事にそのような人の性を、雨の夜に想い、哀れみ涙ぐんだとする説も有力であろう。ここでは左に歌との対応を考えて、巣を持たずに苦しむ寒苦鳥に、修行者西行のイメージを重ねて解釈した。

三十二番

左持

63 花さきし鶴の林《はやし》のそのかみを吉《よし》野の山の雲に見《み》るかな

右

64 風かをる花の林《はやし》に春暮《はるく》れてつもるつとめや雪《ゆき》の山みち

左《ひだり》、鶴の林《はやし》を吉《よし》野の奥に察し、右《みぎ》、春《はる》風花の前《まへ》に雪《ゆき》山を思《おも》へば、心姿《すがた》、勝《か》ち負《ま》けなし。持とすべし。

〔校異〕 63ナシ

64○風かをる—底本「風おほる」を中大本・永青文庫本により改める。

判詞○鶴のはやし—鶴林（中・永）。○はる風花のまへに—春花の風前に（中）。春風の花前に（永）。○ゆき山を—底本「ゆき山と」の「と」を「を」に中大本・永青文庫本にて改める。○おもへは—おもへる（中・永）。○心すかた—すかた（中）。○かちまけなし—無勝劣（中・永）。○持とすべし—可為持（中）。

〔現代語訳〕

63 沙羅双樹の白い花が咲いた鶴の林の遥か昔を、吉野の山の雲に見るものだ。

64 風が吹き薫る花の林に春は暮れていき、そして花びらに埋もれる翌朝は雪に覆われた山路であり、それは釈迦が仏道の苦行をした雪山の風景となっていくのか。

判詞 左は、鶴の林を吉野の奥に察知し、右は、春風（によって散り敷いた）花を前にして雪山を想起していて、その心と姿は勝ち負けはありません。持とするべきです。

〔他出〕 63夫木抄・一六二七一・五句「くもに見しかな」。
64ナシ

〔語釈〕 63**〇鶴の林** 釈迦の涅槃に接して鶴のように白色に変じた沙羅双樹をいう。涅槃絵では釈迦を囲むように咲いている。涅槃経の表現に基づく。**〇そのかみ** その事がおこった遥か昔。釈迦が涅槃に入ったとされる二月十五日のその日をさす。**〇吉野の山の雲** 吉野山の雲は、古今集仮名序「春のあした吉野の山の桜は人まろが心には雲かとのみなむ覚えける」以来、桜をさす表現として知られる。吉野山の桜を白雲に見立てて、そこから涅槃時の沙羅双樹の花を思う。
64**〇風かをる** 風にのって仏法のお香のような聖なる香りが漂ってくること。仏法的な世界観で桜の風景を包む。**〇花の林** 桜の林をいう。また風が香る林は香木である栴檀の木を示唆していて、右歌の「鶴の林」に対応させる。**〇春暮れて** 風が吹き桜が散って春が暮れていく。また日が暮れる意を掛ける。**〇つもるつとめや** 「つとめ」は仏法の勤めで釈迦の修行をあらわす。また「暮れて」に対応して翌朝の「つとめて」を掛け、「つもる」は釈迦の修行が積もる意と、散った桜の花が積もる意を掛ける。**〇雪の山みち** 桜が散り敷いた山道をいう。またその風景は釈迦前生の捨身修行の地である雪山に通じる。

〔補説〕 再び桜のモチーフを仏法と関連させながら登場させる。どちらも晩年の歌合のために用意した新作で、彼が思い描いてきた仏法世界が現実の風景に即して美しく創造されている。左は、桜の花と白雲のイメージに沙羅双樹の白さを関連させて詠む。吉野の金峰山浄土的世界を和歌の伝統美にのせて表現しようとした。右は、釈迦前生の苦行の風景を美しい日本の風景に重ねて表現しようとする点が異質であり、独特の感性を発揮する。左の沙羅双樹と桜のイメージに対して、右は、「風かをる花の林」で桜に白梅檀を重ねる。寂然が、「梅檀香風　悦可衆心」の題で詠んだ「吹く風に花たちばなやにほふらむ昔覚ゆるけふの庭かな」（新古今集・釈教・一九五三／法門百首・一五）は、梅檀を花橘の香と詠み、経文の喩としては、わかりやすい歌になっている。西行歌は、二首とも単なる経文の翻訳としての景ではなく、西行が思う釈迦にまつわる仏法の神聖な風景が、日本の吉野という桜に満ちあふれた金峰山浄土の中に融合していく理想郷をつくりだしている。

三十三番

左持

65　鷲《わし》の山思《おも》ひやるこそ遠《とほ》けれど心にすむぞ有明《ありあけ》の月

右

66　あらはさぬ我がこゝろをぞうらむべき月やはうときをばすての山《やま》

二首の釈教《しやくけう》の心《こころ》、左《ひだり》は霊鷲山《りやうじゆせん》を思《おも》ひ、右《みぎ》はをばすて山を引《ひ》けり。天竺《ぢく》、和国、各別《かくべつ》有りといへども、所詮《しよせん》は、心月輪を観《くわん》ぜり。歌の品《しな》も又おなじ。よつて持とす。

〔校異〕　65○とをけれど―底本「とをけれ如本」を中大本・永青文庫本によって改める。○心にすむぞ―底本「心にすむを」を中大本によって改める。こゝろにすむを（永）。

66ナシ

判詞○二首の―「の」ナシ（永）。○おもひ―ナシ（永）。○ひけり―おもへり（中）。○かくへつ有といへとも―雖異（中）。雖有各残（永）。○しよせんは―「は」ナシ（中）。○おなし―をかし（永）。○よつて持とす―仍為持（中）。仍猶持とすへし（永）。

〔現代語訳〕

65 天竺の霊鷲山を思いやるのは遠いけれども、心は（常住の釈迦の存在を知らせる）有明の月の光で澄んでいるよ。

66 仏性を現さない我が心こそ恨むべきだ。あの姨捨山でさえも月と疎遠であろうか。月が照り澄ましているではないか。

判詞 二首の釈教に対する心は、左は霊鷲山を思い、右は姨捨山を引いています。天竺と日本の違いがあると言いましても、所詮は、心に月輪を観じています。歌の品格もまた同じです。よって持とします。

〔他出〕 65ナシ

66新勅撰集・雑一・一〇八四。西行法師家集・五四二、「（述懐の心を）」。

〔語釈〕 65**○鷲の山** 天竺の霊鷲山。釈迦が法華経を説いた仏法の聖地で入滅後の釈迦が常住しているともされ、それは霊鷲山の月として象徴される。釈教歌によく詠まれる。明恵や真如法親王は天竺を目指そうとしたが、霊鷲山に参詣することは仏者最大の憧れであった。**○心にすむぞ** 釈迦を象徴する月が心に住む（澄む）ことをいうとともに、涅槃経の経文「一切衆生悉有仏性」をあらわす和歌表現で、同時代の作品に、「もる人の心のうちにすむ月をいかなるつみの雲かくすらん」（久安百首・釈教・三八八・藤原顕輔）、「かくれぬとなげきし月をたづぬれば心のうちにすむにぞ有りける」（月詣集・釈教・一〇六四・性憲）等がある。「すむ」は「澄む」と「住む」の掛ける。**○有明の月** 心の中に宿る釈迦および仏性を象徴する。有明の月を指定するのは、山家集では法華経の「勧持品」を詠んだ「いかにしてうらみし袖に宿りけん出で難く見し有明の月」（八八七）、「無上菩提の心をよみける」の題を持つ「鷲の山うへ暗からぬみねなればあたりを払ふ有明の月」（八九五）があり、西行法師家集には法華経「寿量品」を詠んだ「鷲の山くもる心のなかりせば誰も見るべき有明の月」（六一三）がある。いずれも釈迦をあらわすが、「有明」とするのは満月で象徴される涅槃の後のことなのでこう言うか。

66 **○月やはうとき**　「やは」は反語で、姨捨山が月に慣れ親しんでいるさまをいう。**○をばすての山**　信濃国更級郡（現、長野県更級市）にある冠着山の別称。姨捨伝説で有名。歌枕としても早くから詠まれる。ここでは、老人を捨てるという、人の心の闇をあらわす罪深い山でも、月は惜しみなくその光を降り注いでくれることをいうために用いる。「姨」や「捨」といったことばが老聖《ひじり》には気になる。なお、西行は山家集にて「雨雲の晴るるみ空の月影にうらみなぐさむをばすての山」（勧持品・八八六）と詠む。この場合の「をば」は釈迦から授記を受けずに恨みを持ったが最終的に救われた姨母を示しているが、ここでは法華経勧持品を踏まえての詠とは取らない。

判詞 **○心月輪を観ぜり**　心に月輪を観じること。阿字観といった真言密教の観想法を意識して言うか。

〔補説〕　三十二番の花に続けて、この番では、月が仏法との関係で再び登場する。西行の釈教歌において「心の月」はよく詠まれるモチーフで、その詠み方は一様ではない。以下に分類して一首ずつあげておく。

①悟り得し心の月のあらはれて鷲の高嶺にすむにぞありける（山家集・寿量品・八八九）

若心決定如教修行、不越于坐三摩地現前

②わけいればやがてさとりぞあらはるる月のかげしくゆきのしらやま（聞書集・論文・一四二）

③いかでわれきよくくもらぬ身になりて心の月のかげをみがかん（山家集・九〇四）

（心におもひける事を）

④やみはれて心のそらにすむ月はにしの山辺やちかく成るらむ（新古今集巻末・釈教・一九七八）

観心をよみ侍りける

法華経寿量品の「常在霊鷲山」を踏まえる①、密教的色彩が濃い②、やや漠然とした真如の月や仏心・仏性をあらわすかと思われる③、そして仏性をあらわす月が西に向かうことによって極楽浄土往生のモチーフを打ち出した④

などが詠まれている。三十三番では、俊成の判詞に指摘するように鷲霊山と姨捨山との対比が興味深い。釈迦の法華経ゆかりの天竺の山と、老人を捨て去るという残酷な罪深い日本の山という聖と俗の組み合わせになっている。左は、釈迦の御許に行かなくとも人は誰でも仏性を宿しているのだと詠み、右はあのような罪深い名を背負った山でも月は照らすのに、なぜ自分の心には宿ってくれないのかと嘆く。希望と絶望の対比でもある。観念的だが、右は、山家集にある「濁りたる心の水のすくなきになにかは月の影宿るべき」（九〇三）のような詠歌に近いか。

三十四番

左持

67 若葉《わか》さす平野《ひらの》、松《まつ》はさらに又枝《えだ》に八千代《やちよ》の数《かず》をそふらん

右

68 沢辺《さはべ》より巣立《すだ》ちはじむる鶴の子は松《まつ》の枝にやうつりそむらん

左《ひだり》の歌は、平野《ひらの》、松《まつ》の枝に若葉《わかば》をさゝしめたり。是も故《ゆゑ》ありけんかし。右歌《みぎ》は、たゞさはべの鶴の子の松にうつりそめたるは、祝《いは》ひの心、左《ひだり》にはおよびがたくやおぼえ侍れど、歌のほどはなほ持なるべし。

〔校異〕 67○さらに又―底本「さゝに又」を中大本・永青文庫本にて改める。

68ナシ

判詞○ひたりの歌―左歌（中・永）。○是もゆへ―定其故（中）。さためて其故（永）。○かたくや―かたくやとは（中）。かたくやと（永）。

〔現代語訳〕

67 若葉が萌え出て、平野の松はさらにまた枝に八千代も色が変わらない葉が数多く添うのであろうか。

68 沢辺より巣立ちはじめる鶴の子は今、松の枝に移りはじめるのだろうか。

判詞 左の歌は、平野の松の枝に新たな若葉を萌え出させています。これも、きっとそのように詠む理由があるでしょう。右の歌は、ただ沢辺の鶴の子が松に移りはじめたというのでは、祝の心が左には及ばないのではないかと思われますが、歌の程度はやはり持となるでしょう。

〔他出〕 67山家集・一一八一、「(いはひ)」。西行法師家集・五二五、「(祝を)」。山家心中集・雑下・二八〇、「いはひの歌よみはべりし中に」。夫木抄・一三七三四・五句「かずぞそふらん」、「家集・祝歌中」。68山家集・一一七四、「(いはひ)」。

〔語釈〕 67**○若葉さす** 若芽が松の枝に萌え出ていること。祝福の対象は赤子・幼児か。**○平野の松** 「平野」は平野神社のこと。現、京都市北区にある。なぜ平野社なのかは不明。拾遺集の賀歌「ちはやぶる平野の松の枝茂み千世もやちよも色は変はらじ」(二六四・能宣)を踏まえる。**○八千代の数…** 松の枝に新たに若葉が加わったことで、世継の誕生により一族全体の繁栄がさらに八千代の期間のびたことをいう。なお「枝にや千代の」とも読める。68**○沢辺より** 鶴は沢辺に巣をつくることからいう。**○巣立ちはじむる** 清輔集では「女の子うみてうぶぎぬこひければ、松の枝にかけてやるとて」として「千代に又ちよやかさねむ松がえに巣だちはじむる鶴の毛衣」(三一三)と詠まれている。何らかの祝いの儀式を背景に置くか。**○うつりそむらん** 長寿を象徴する鶴が松に移り住むことによってさらに祝いの意が強まる。

〔補説〕 松の若葉と鶴の雛を詠み、予祝の歌で結番する。西行が歌合においてこの両歌に具体的な人物を思い浮かべて読むように意図していたのかは不明。窪田注は左歌について「世継ぎの子の生まれた時、又はその元服をした折といふやうな改まつた場合の祝ひの歌である。「更に又枝に」といふ句によつてそれが知られる。「平野の松」といふことによつて全体としての一族を現し、「枝」といふ部分によつて、今の祝ひの対象を示してゐる」とする。

また西澤美仁氏は、左については、「松は皇室を象徴するので、平野社と平家との関係が深ければ、今上天皇は高倉か。「若葉」に皇子誕生の寓意があれば、治承二年（一一七八）の安徳誕生、同四年（一一八〇）の後鳥羽院誕生の際に詠まれた可能性も」（和歌文学大系　山家集）と祝賀される人物について具体的考証を行っている。

三十五番

左

69 くもりなき鏡《かがみ》の上《うへ》にゐる塵《ちり》をめにたてゝ見る世と思《おも》はゞや

右勝

70 たのもしな君きみにます折《をり》にあひて心の色《いろ》を筆《ふで》にそめつる

左右、ともに故《ゆゑ》ありけんとは見《み》えながら、左《ひだり》は諫訴の心あり。右《みぎ》は聖朝にあへるに似たり。よつてもつて右勝《みぎか》ちとす。

〔校異〕

69○世とおもはゝや―底本「世におもはゝや」を中大本・永青文庫本によって改める。
70○君きみにます―底本「君か□にます」を中大本・永青文庫により改める。なお底本は欠字の横に「代歟」あり。
判詞○ゆゑ―由緒（中・永）。○諫訴―諫（中）。訴訟（永）。○聖朝―聖廟《朝》（永）。○よつてもつてみきかちとす―仍以右為勝へし（中）。仍以右為勝（永）。

〔現代語訳〕

69 曇りがない見事な鏡であっても、その上にちょっと塵が置いているくらいでも見咎めてあれこれと批判する、（どうせその程度の住みにくい）世の中なのだと思いたいものだ（そして早くこの憂き世から逃げだしたい）。

70 頼もしいことだ。天皇が天皇としておられる聖代に会えて、皇位への親しみの心模様を筆に染めて書き上げることだ。

判詞 左右、ともに何らかのいわれがあったのだろうとは見えますが、左は世に対する諌訴の心があって、右は聖代に出会うような歌になっています。そういうわけで右を勝ちとします。

〔他出〕 69 山家集・七一七・初句「くもりなう」、「(雑)」。夫木抄・七九九五、「家集、述懐」／一五三四〇、「家集」。

70 新勅撰集・雑二・一一五四・三句「時にあひて」、「(高倉院御時、つたへそうせさすること侍りけるに、かきそへて侍りける)」。西行法師家集・五四三、「(述懐の心を)」。

〔語釈〕 69 **○めにたてゝ見る世** 「めにたつ」は、うるさく注意する、口うるさく文句をいう意。曇りがない鏡のようにすばらしいものでも、少しの難点を見つけて、批判してくる世情についていう。この歌の「世」については諸説あるが、山家集で本歌の前後の歌である「わが宿は山のあなたにあるものになにに憂き世を知らぬ心ぞ」(七一六)、「ながらへんと思ふ心ぞつゆもなき厭ふにだにもたへぬ浮身は」(七一八)を参考にして「憂き世」をさすと考えた。

70 **○君きみにます** 天皇の治世が脅かされる時代にあって、昔ながらの天皇らしい王が世に登場したことを祝する。敬語の「ます」が用いられているように和歌では前例のない表現。西行は和歌において敬語を用いることがあるが、この場合は天皇が直接眼にする可能性があるのであえて用いたか。**○心の色を** 天皇の治世に対する喜びの心の様をいう。**○筆にそめつる** 天皇への思いを筆にて書き表すことをいう。

判詞 **○故ありけん** このような歌が詠まれた事情や背景。なお右の歌については、新勅撰集に「高倉院御時、つたへそうせさすること侍りけるに、かきそへて侍りける」の詞書を持つ「あととめてふるきをしたふ世ならなむ今もありへば昔なるべし」(西行・一一五三)と並んで入集しているところから、高倉院に何らかの伝奏をしたさいの歌かと思われている。〇諫訴　世の不満を諫め訴えること。〇聖朝　天皇の優れた治世。

〔補説〕　世の有様を詠んだ歌で合わせた。左は、世知辛い人の噂に辟易して遁世の志をますます深めるという趣向で、右は、そのような世であっても信頼できる天皇の御代との出会いで喜ばしいとする。左右の世に対する両極端の姿勢に対して、俊成は天皇の御代を言祝ぐ要素を持つ右の歌を勝ちとする。左の歌は本来、天皇の治世とは関係なしに厭世思想のもとで詠まれたものであるが、俊成は、天皇の治世を批判しているようにも聞こえると指摘するか。それは左の歌を読むうえで、右の歌を参考にしていることが原因と思われるが、そもそも西行自身の意図として、右の歌と合わせることによって、平安末期の天皇の治世のあり方まで含ませようとしていたのかはよくわからない。

三十六番

左持

71　深《ふか》く入りて神路《ぢ》の奥《おく》をたづぬればまた上《うへ》もなきみねの松《まつ》風

右

72　流《なが》れたえぬ波《なみ》にや世をば治《をさ》むらん神風すゞし御裳濯《みもすそ》の岸

左《ひだり》の歌は、心ことば深《ふか》くして愚感難押。右《みぎ》の歌も、神風ひさしく御裳濯《みもすそ》の岸にすゞしからんこと、勝《か》ち負《ま》けのこと葉加《くは》へがたし。よつて持と申すべし。

〔校異〕　71〇神ちのおくを―底本「神ぢの月を」を中大本・永青文庫本により改める。〇またうへもなき―底本「またうへとなき」を中大本・永青文庫本によって改める。

72○みもすその岸―底本「みもすその川」を中大本・永青文庫本によって改める。

判詞○ひだりの歌は―左歌（中）。左歌は（永）。○難押―底本「押仰」を中大本によって改める。難仰（永）。○みきの歌―但右歌（中）。右歌（永）。○みもすその岸―底本「みもすそのみね」を中大本・永青文庫本によって改める。○かちまけ―勝劣（中・永）。○こと葉―詞を（中）。○よつて―よりて（永）。○持―底本「侍」を中大本・永青文庫本にて改める。

〔現代語訳〕

71 神路山に深く分け入って、神の来た路を奥深く探っていくと、ここもまたこの上ない霊峰であり、神聖な松と霊妙な風が神のことぶれを告げていることだ。

72 原初より流れが絶えることがない特殊な浪の力をもって人の世を治めているのであろうか。この神風が涼しく吹き来る御裳濯の聖なる岸辺では。

判詞 左の歌は、作者の神に対する心とそれを表現する詞が深く、私のようなものでもその感動は抑えがたいものです。右の歌も、神風が悠久に御裳濯の岸に涼しいであろう事を詠んでいて、勝劣の詞を加えることが難しいものです。よって持と申すべきです。

〔他出〕 71千載集・神祇・一二七八、「高野山をすみうかれてのち、伊勢国ふたみのうらの山でらに侍りけるに、大神宮の御山をば神ぢ山と申す、大日如来御垂迹をおもひてよみ侍りける」。西行法師家集・六二六、「高野山をすみうかれてのち、伊勢国二見浦の山寺に侍りけるに、大神宮の御山をば神千山と申す、大日の如来の垂迹をおもひて、よみ侍りける」。

72西行法師家集・三七九・五句「みもすその川」、「伊勢にて」。玄玉集・神祇・三七。

〔語釈〕 71 **○深く入りて** 観想により神路の奥に入っていくことをいう。**○神路の奥** 「神路」は神路山のこと。神の去来する路の意も持ち、「奥」につながっていく。また千載集詞書の「大日如来の御垂迹を思ひてよみ侍りける」をここでも参照するならば、神路の奥は、大日如来の垂迹と何らかの関連性を持ってくる。その場合は、重源による伊勢参宮および東大寺再興の動きと、本歌との繋がりが見えてこよう。なおこの時期の、天照大神と東大寺盧舎那仏（大日如来）の同体説の形成については、伊藤聡氏『中世天照大神信仰の研究』「第一部　天照大神と大日如来の習合」（宝蔵館・二〇一一）が参考になる。**○また上もなきみね**　「上もなき峰」は、この上ない最高峰という。神路山を高嶺として捉え、宗教的にも最高の峰とする。「また」は、西行がこれまで巡礼・苦行してきた峰や霊山と同じようにという意を添えようが、神宮に来る前には高野山に居たこと、また大日如来との関係を考えると、具体的には高野山をさすか。**○松風**　松吹く風は「神風」を思わせる。

72**○流れたえぬ波**　常世浪をイメージするか。伊勢は常世の浪が寄せ来る霊地として知られ、当時の御裳濯川は常世の浪が立つ地とされていた。「是の神風の伊勢国は、則ち常世の浪の重浪帰する国なり。傍国の可怜国なり。是の国に居らむと欲ふ」（日本書紀・垂仁天皇二十五年三月）。「神かぜやみもすそがはのみなかみにとこよのなみのおとぞかよひし」（治承二年右大臣家百首・藤原盛方）。**○世をば治むらん**　特殊な浪と風の作用により、神宮は世を治めるという。特殊な自然現象が起こる地としての神宮という認識のもとに詠まれている。**○神風**　大神宮の力の発動をうながす風、あるいは神の力そのものをいう。神の霊力は聖なる自然物に宿り、それを通して顕現されるという思想に基づく表現。「涼し」とあるように参宮者に冷ややかな感触を与える風。西行には勅使源通親参宮にさいして詠んだ「とくゆきて神風めぐむ御戸開けあめのみかげに世を照らしつつ」（聞書集・二五八）もあり、神風に世を潤す特殊な力を見ていたことがわかる。**○御裳濯**　御裳濯河のこと。神路山とともに内宮を象徴する自然物。五十鈴河が日本書紀といった公的な書に用いられるのに対して、御裳濯河は大和姫尊の神宮鎮座にまつわる神話とともに伝承され、姫巫女が、その河にて、裳を濯いだことがその名称の由来とされる。水辺にて神を斎く巫女のイメージを残した河の名で、五十鈴河の中でも特別な場所にだけ使用されていたものと思われる。西行の場合は、御裳濯河という言い方をする場合が多い。神宮の地に入って詠まれる場合は五十鈴河より御裳濯河を使うことが多いか。

「…五十鈴の河上に遷幸ス。時に河際にして、倭姫命の御裳ノ斎《スソ》長クシテ、計加礼《ケガレ》侍リケルヲ洗ヒ給ヘリ。其れ従り以降、際を御裳須曾河ト号ふ也」（倭姫命世記）。**〇岸**　「御裳濯の岸」というフレーズは、山家集「神祇十首」に「みもすそ二首」と題して、「初春を隈なく照らす影を見て月にまづ知る御裳濯の岸」（一五三一）、「御裳濯の岸の岩根に世をこめて固め立てたる宮柱かな」（一五三二）がある。御裳濯川の内側には僧侶は入れない。外側の岸には、僧侶の遙拝所があった。

〔補説〕　内宮の神徳を賛美した両歌に対して俊成は勝ち負けの判断はできないとする。秘説めかした歌のつくり方に特徴がある。西行が、神宮の地で体験した特殊な自然やそこから得た霊感のようなものを歌にした作品で、宗教者として神秘的な神宮の霊威のあり方を詩という方法をもって世の中に提示する。このような歌を詠み、またこのような発想ができるのも、西行が特殊な聖《ひじり》であるからだという認識があろう。内宮の奥の世界にまで踏み込んでいく聖《ひじり》の行動は大胆である。そして聖《ひじり》がつくった歌の型を通して、後の歌人や神官たちは神宮の歌をつくっていく。

続三十六番歌合　宮河の歌合とも云ふべし

一番

左持　　玉津嶋海人

1 万代《よろづ》を山田の原のあや杉《すぎ》に風しきたて丶声よばふ也

右　　三輪山老翁

2 流《なが》れ出でてみ跡《あと》たれますみづがきは宮川よりやわたらひの注連《しめ》

左右歌、義隔ニ凡俗一、興入ニ幽玄一。聞ニ杉上之風声一、摸ニ柿下之露詞一、見ニ宮河之流一、探ニ蒼海之底一。短慮易レ迷、浅才難レ及者歟。仍先為レ持。

〔校異〕内題等○続三十六番歌合―ナシ（永）。○宮河の歌合とも云ふへし―宮河歌合（永）。号宮河歌合（中）。永青文庫本は、宮河歌合の下に「西行法師　判者定家卿于時侍従」とあり。

1○左持―底本「左」。他本により勝負付けを補う。以下の番も同じ。

2○なかれ出てて―流ます（中）。

判詞○探―底本「深」、中大本により改める。なお永青文庫本は「深」。○聞杉上―「聞」ナシ（永）。

〔現代語訳〕

1（豊受の宮では）山田の原の綾杉に風をしきりに吹き立てて、（皇統の）万歳を声高く響かせ続けているのだ。

2 外宮の神は、水が流れ出て垂迹されたお宮であるので、宮川そのものが瑞垣（水の垣）であり、宮川よりすでに渡会の宮の（白い川浪の）注連がはりめぐらされていることよ。

判詞　左右の歌は、事柄は凡俗を隔てて、その趣は幽玄の境に入っています。杉の梢を吹く風の声を聞いて、歌聖柿本人麻呂の露のように美しい詞を模すように歌としてあらわし、宮河の流れを見て、深い蒼海の底を探るように深奥な歌をつくっています。（そういうわけで）私の短慮では判断は迷いやすく、浅学の者では及びがたい歌です。よって持にします。

〔他出〕　1夫木抄・一三九二〇、「太神宮三十六番歌合」。
2夫木抄・一五九七五、「家集、神祇歌」。

〔語釈〕　1**○山田の原**　伊勢国の歌枕（現、三重県伊勢市）。外宮豊受大神の鎮座する原。内宮の神路山に対していう。御裳濯河歌合六番左の時鳥詠にもこの地名が見える。「万代と祈りぞ経くる君が代は山田の原の下つ岩根に」（高陽院七番歌合・祝・六三・讃岐）。**○あや杉**　綾杉で、神木をいう。「生ひ茂れ平野の原のあや杉よ濃き紫にたちさぬべく」（拾遺集・神楽歌・五九二・元輔、「源遠古朝臣子うませて侍りけるに」）や「千早ぶる香椎の宮のあや杉は幾代か神の御衣木なるらむ」（檜垣嫗集・一四）が先例。**○風しきたてゝ**　神風が頻りにあや杉に吹き付けることをいう。「しきたつ」は祝詞の「宮柱ふとしきたてて」といったことばからきていて（祝詞の意は「敷いて建てる」の意である）、西行は、それを「頻りに吹き立てて」とここでは用いた。**○声よばふ**　万代を音高くさけび続けていることをいう。漢の武帝が嵩山に登った時に万歳の声がしたという山呼の故事に基づく表現で、賀歌や大嘗会和歌で用いられる。「声高く御笠の山ぞ呼ばふなる天の下こそ楽しかるらし」（拾遺集・賀・二七四・仲算法師）、「吹く風は枝も鳴らさで万代と呼ばふ声のみ音高の山」（長秋詠藻・仁安元年大嘗会歌・二九〇）。

2**○み跡たれます**　本地垂迹説の「垂迹」を和語化した表現。和歌では珍しい敬語にて表現する。なお西行の時代には神宮の本地を、大日如来とする説があり、その場合は内宮が金剛界に、外宮は胎蔵界に対応することになる。**○みづがき**　瑞垣。神宮は「荒垣・一の玉垣・二の玉垣・瑞垣」という四重の囲いになっている。一番内側にある瑞垣は外宮の神そのものをあらわす。外宮に祀られる神は豊受大神であり、中世神話では様々な性格が付与され、また鎮座の由来もいろいろと説かれる。その中の一つに「水」から生成した神であるという説があり、ここではそのような外宮鎮座にまつわる秘説を早くもほのめかしているようであり、極めて注目される。外宮も西行によりイメージを与えられた神であった。なお「みづがき」の「みづ」は「水」との掛詞であり、上句は「流れ出でてみ跡たれます水」という意になる。「流れ・垂れ・河」で「水」の縁語。**〇わたらひの注連**　お宮をめぐる宮河の流れ自体がすでに瑞垣（水の垣）でもあり、その川浪の白さを外宮の注連縄に見立てる。「わたらひ」は度会で、外宮のある地のことをいう。注連をはりめぐらせる意での「渡らせる」が掛けられているか。

判詞**〇幽玄**　微かで奥深い境地。凡俗の和歌を越えた神の意思の発現を歌の背後に察知する。古今和歌集真名序「至レ如下難波津之什献二天皇一、富緒川之篇報中太子上、或事二関神異一、或興二入幽玄一」の箇所にそった使い方。難波津の歌や聖人の富緒川の歌のように常人にうかがい知れない、特殊で神異を感じさせるものとして一番歌を見ている。**〇摸柿下之露詞**　柿本人麻呂の和歌のことばに模すという意。老いた西行と、翁神のイメージを持つ歌聖人麻呂を重ねる。**〇探**　底本は「深」。

〔補説〕　神祇歌の結番で、本歌合のために作られた序のような歌である。西行は歌を詠むことによって神に具体性を付与しようとする。玉津島海人と三輪山老翁が出現して、外宮の神の鎮座を言祝ぎ、その由来の秘説を暗示する歌を開示するという趣向をとる。左は、巨大な神木と神風との衝突によって生じる音声を、万世をさけび讃えているのだとする発想が、神宮の自然現象に神秘的な意味を感じ取ろうとする点で特徴的である。御裳濯河歌合結番のように風と水との取り合わせであるが、冒頭において、老翁による「水」のモチーフを提示するところなど神事能である「翁」に通じるところがある。また日本古来の神々が聖地にその姿を現してその場を言祝ぐのは、地主神でもある老翁が興福寺南円堂創建の折に出現したパターンなどがある。なお神々の詠として扱うので定家の判詞も極めて慎重であり、この番については漢文体を用いている。

二番

左

3 来《く》る春はみねに霞を先《さき》だて、谷のかけひをつたふ成りけり

右勝

4 わきてけふ逢《あふ》坂山のかすめるはたちおくれたる春やこゆらん

左は、先《さき》だつ霞に谷の道の春を知《し》り、右は、おくれたる春を関山の霞にみる。詞はかはれるに似《に》て、心はすでにおなじけれど、峯に霞をとおきて、谷のかけひをといへる、よき歌にもおほくよめる事には侍れど、此右の歌は、いま少《すこ》しとゞこほる所なくいひくだされて侍れば勝《まさ》るべくや。

〔校異〕　3ナシ

4ナシ

判詞○かはれる―かはる（中）。○おなしけれと―同しけれは（永）。○此右の歌―此右歌（中）。○いひくたされて―いひくたされ（永）。

〔現代語訳〕

3 来る春は、嶺に霞を先に立てて、（自分は）解けだした水として谷の筧を伝わってこっそりと訪れてくるよ。

4 特に今日、逢坂山が霞んでいるのは、立ち後れた春が山を越えているからだろうか。

判詞 左は、先立つ霞に、（氷が溶け出してつくる）谷の（筧を伝い来る水の）道の春を知り、右は、遅れた春を逢坂の関山の霞に見ています。詞は変わっているように見えても内容は同じでしょうが、（左歌において）「峰に霞み

を」と置いて、「谷の筧を」という、これは良い歌にも多く詠まれることではありますが、右歌はいま少し停滞するところなく詠み下されているので、（右歌が）勝っているのではないでしょうか。

〔他出〕 3山家集・九八五。西行法師家集・四、二句「嶺の霞を」、「（初春）」。山家心中集・雑上・一三四。
4山家集・九、「春になりけるかたたがへに、しがのさとへまかりける人にぐしてまかりけるに、あふさか山のかすみけるをみて」。

〔語釈〕 3**○先だてゝ**　霞を先導にして春がやって来ることをいう。**○かけひ**　竹や細長い木の中をくり抜いたものを水源からつなげて水を引く樋。隠者の生活を思わせる語。**○つたふ成り**　気温の変化により、氷が解けて筧にわずかながら水が伝わりくるのを春の到来に譬えた。
4**○逢坂山**　山城国と近江国の間にある山で、逢坂の関があり、交通の要衝。歌枕としても著名。**○春やこゆらん**　春が東の方角からやって来るという五行思想に基づいて都からして東側の逢坂山から春が来ると詠む。
判詞**○心**　春の到来を山の霞との関連で詠むというモチーフについて言う。**○おほくよめる**　峯の霞と、谷の筧の組み合わせで、春の到来を詠む歌は、西行以前では見あたらない。谷の筧の水により春を知るという趣向は、「山家立春」の題で詠まれた「とけぬなるかけひの水のおとづれに春知りそむる深山辺の里」（月詣集・六六八・小侍従）、「とけそむる岩間の水をしるべにて春こそつたへ谷のかけひを」（玄玉集・三七一・藤原公信）などがある。

〔補説〕 先立つ霞と、遅れて立つ霞の対比。左は、大きな霞を先立てておいて、春自体は筧のわずかな水としてやって来たとするところがユニークであり、発想の面白みがあるが、定家は、声調の問題から右の歌を勝ちとする。原始の風景が神詠として示されたかのような雰囲気を持つ一番が序の如く置かれ、二番は、静かに春の胎動を水と霞によって示す歌が配置されている。

三番

左勝

5 若菜《わかな》つむ野べの霞ぞあはれなる昔を遠くへだつと思へば

右

6 若菜《わかな》おふる春の野もりにわれ成りてうき世を人につみ知《し》らせばや

右歌も、詞たくみに心をかしくは見え侍るを、末の句やなべての歌には猶いかにぞ聞ゆらん。昔をへだつる野辺《のべ》の霞は、あはれなるかたも立《た》ちまさり侍らん。

〔校異〕 5ナシ

6ナシ

判詞○聞ゆらん―聞ゆへからん（中）。

〔現代語訳〕

5 （人々が楽しげに）若菜を摘んでいる野辺に立つ霞は哀れであることだ。（霞があのように野辺で若菜を楽しく摘んでいた自分の）過去を遠く隔てているように思うと。

6 若菜が生える春の野辺の番人に私が成って、（若菜を摘みとるような野遊に夢中になることは、実は、）憂き世で罪を積んでいるのだということを、人に知らせたいものだ。

判詞 右の歌もことばが巧みであって、その趣向はおもしろく見えますが、末の句はふつうの和歌の表現としてはやはりどうであろうかと聞こえます。昔を遠く隔てていく野辺の霞はその哀れさにおいても立ち勝っていると思われます。

〔他出〕　5山家集・二一・二句「のべのかすみに」、「わかなによせてふるきをおもふと云ふ事を」。御裳濯集・春上・二二、「若菜をよめる」。
6山家集・二三、「寄若菜述懐と云ふ事を」。西行法師家集・二〇・初句「若菜おふ」、「寄若菜述懐を」。山家心中集・雑上・一六六、「わかなによせて思ひをのぶといふ事を」。

〔語釈〕　6 **○野もりにわれ成りて**　生え出たばかりの初々しい若菜を摘むという行為を戒める仏者としての表現か。**○つみ知らせばや**　「つみ」は「罪」をいうが、罪を重ねる意の「積み」や若菜との縁で「摘み」を意識させている。出家もせずに、春の野に出て若菜を摘んで世を過ごすようなことは、俗世で罪を重ねているようなものだというこ とをこのように表現する。西行独自の歌句表現で「つみ」に重ねられる意味をどこまで認めるのかが難解。

判詞 **○末の句やなべての…**　「つみしらせばや」のフレーズについていう。意味的にも、また掛詞・縁語表現としても不明確なことを指摘する。**○あはれなるかたも立ちまさり…**　霞の縁語「立つ」を踏まえて、その情趣も立ち勝っているという。

〔補説〕　若菜に寄せる述懐を詠む。左歌は、若菜を摘む野遊の風景に思わず過去の自分を思い出し、霞がその風景を隠していくことに、昔の自分が遠ざかっていく風景を見てとった趣向で、一方、右歌は、その昔の自分のような人たちに対する警告を、仏者としての立場で詠む。「つみ」に「抓む」の意を見て、その手を抓って罪深いことを知らせるとの意を見るのであれば、僧侶の誹諧的な説教歌になろう。

四番

左持

7

古巣《ふる》うとく谷の鶯なりはてば我《われ》やかはりてなかんとすらん

8

右

色にしみ香もなつかしき梅がえに折《をり》しもあれや鶯の声《こゑ》

右、対二紅梅之濃香一、感二黄鶯之妙曲一。左、聞二新路之嬌音一、諳二旧巣之閑居一。景気雖レ異、歌詞是均者歟。

〔校異〕 7ナシ

8○鶯のこゑ―鶯のなく（中）。

判詞○嬌音―好音（永）。

〔現代語訳〕

7 谷の鶯が、古巣に疎遠になってしまい、里に出ていってしまったならば、一人残された私が鶯にかわって声をあげて泣くことになるのだろうか。

8 紅の色に心が染まり、香にも心ひかれる梅の枝に、ちょうど時節なのであろうか、鶯の声が聞こえるよ。

判詞 右は、紅梅の濃き香に向かい、鶯の妙なる調べに感動し、左は、新たな旅立ちを告げる鶯の美しい音色に、古巣の閑居を改めて知る、と詠んでいます。その景気は異なりますが歌詞の程度は同じでしょう。

〔他出〕 7山家集・二七、「すみけるたにに、うぐひすのこゑせずなりければ」。西行法師家集・二二、「住み侍りし谷に、鶯のこゑせず成りにしかば、何となく哀にて」。山家心中集・雑上・一六七、「すみ侍しにたにゝうぐひすのこゑせずなりしかば、なにとなくあはれにおぼえて」。御裳濯集・春上・三四・三句「なりはてて」。

8御裳濯集・春上・六四。

〔語釈〕 7**○古巣うとく** 前例がないフレーズ。鶯は谷から里に出て、さらに都へと移っていくと考えられていた。**○谷の鶯** 西行は谷に住む者として詠む。**○なかんとすらん** 鶯の「鳴く」から、寂しさゆえに人が「泣く」につなげる。春を告げる鶯の鳴き声は、巣からの旅立ちを告げる音色でもあり、閑居の寂しさを新たにして涙を催す。

8 **○色にしみ**　「色」という語を用いることで白梅ではなく、紅梅を詠んでいることを示す。「しみ」は、染みで、心にその色が染み入るような感覚をいう。

判詞**○黄鶯**　紅梅の「紅」に対していう。**○新路**　新たな道。春が来て鶯が谷の巣から旅立っていくことをいう。**○諳**　察知する。知る、意。**○景気**　歌全体が纏っている雰囲気や情趣をいう。

〔補説〕　閑居の鶯と都会の鶯で合わせる。左歌は、目覚め、囀りはじめ、谷を出ていこうとする鶯で、山家集では、本歌の後に、「鶯は谷の古巣を出でぬともわがゆくへをば忘れざらなん」（二八）・「春のほどはわが住む庵の友になりて古巣な出でそ谷の鶯」（三〇）という歌が並ぶ。山陰の庵住まいの友として、人と鳥との関係を越えて、鶯に馴れ親しんでいる姿勢が詠まれる。また人が鶯のように泣くと詠む下句は誹諧体であろう。西行のこのような詠は、山奥の遁世者として、あえて俗体を装う歌づくりをする傾向があろう。右歌は、谷に対して都で聞く紅梅に親しむ鶯をテーマとしている。能因の、「紅の色と匂ひやそれだにもあかなく梅に鶯の鳴く（能因法師集・二四〇、「紅梅に鶯の鳴くを」）といった先例の存在が指摘されている。なお藤原定家は一番に続き、漢文体にて判詞をつけている。定家は右歌について漢詩文の雰囲気を伝えた作品と判断して、それに合わせるかたちであえて漢文にしたか。

五番

左持

9 雲にまがふ花のさかりを思《おも》はせてかつ〳〵霞《かす》む吉野《よしの》、山

右

10 深《ふか》くいると花の咲《さ》きなん折《をり》こそあれともに尋《たづ》ねん山人もがな

左右歌、心詞まことにをかしくも侍るかな。花よりさきに花を思《おも》へる心も同《おな》じさまなるを、右の末の句はなほ艶に聞《き》こえ侍れど、芳野山の春のけしきも猶劣《おと》ると申しがたくや。

〔校異〕 9○雲にまかふ―雲まかふ（中）。
10ナシ
判詞○左右歌―左歌（永）。左右の歌（中）。○おなしさまなるを―ナシ（中）。○侍れと―侍は（永）。○申しかたくや―申しかたし（中）。

〔現代語訳〕
9 雲に紛う花の盛りを思わせて、春が来た途端に早くも霞んでいくみ吉野の山よ。
10 （吉野の奥へ）深く尋ね入ると、きっと花が咲こうかという折もあるのだ。一緒に探してくれる山人がいてくれたらなあ。
判詞 左右の歌は、心と詞がまことに惹かれるものがあります。花が咲く以前から花を思う気持ち（の強さ）も同じような姿でありますところを、右歌の末句はやはり魅力的に聞こえますが、（かといって）吉野山の春の気配を感じ取る風情もやはり劣るとは申し難いでしょうか。

〔他出〕 9西行法師家集・一四、「霞」。聞書集・五一、「漸待花」。
10ナシ

〔語釈〕 9**○雲にまがふ花** 花を白雲に見立てる。古今集以来の伝統表現で、古今集仮名序によると、柿本人麻呂が吉野山の桜を白雲として詠み表したのがそのはじまりとされる。**○かつ〳〵** 「かつがつ」とも。早くも、の意。霞が早くも吉野山にかかりはじめた状態を示す語。**○み吉野ゝ山** 大和国の歌枕（現、奈良県吉野郡吉野町）。大峰の北端の位置する。金峰山の一部。古来よりの霊地で遁世者の住処でもあった。平安時代末期には花の名所として知られ、西行はこの地の桜を愛翫した。現在、金峰神社の奥に西行が住したとされる西行庵がある。
10○**深くいると…**　まだ桜が咲く時節ではないが、吉野の奥にはそのような時空が存在しているのではないか、と気分として思う。○**山人**　山に住む人。里人に対していう。ここでは、深い吉野の奥の世界を熟知している案内者として用いる。具体的には猟師か。あるはい修験者をいうか。
判詞○**艶**　ここでは、心が惹かれて、魅力的なさまというくらいの意か。
〔補説〕　花を待つ心を詠む歌で合わせる。左歌は、霞という幽かな春の兆しに対して、早くも白雲に紛うくらいの壮大な桜の風景を想起する気の早さを、右歌は、吉野のどこかにはすでに花が咲いている秘所が存在しているのではないかと思い、山に熟知した人物を探そうとする、桜に対するそぞろ心を詠む。

六番

左持

11　年を経《へ》て待《ま》つも惜《を》しむも山桜花にこゝろを尽《つ》くす成りけり

右

12　花を待《ま》つ心こそなほ昔なれ春にはうとくなりにし物を

春にはうとくなどいへる、あはれには聞《き》こえ侍れど、左も、花を思《おも》へる心深《ふか》く、こと葉やすらかにいひくだされて侍れば、又同《おな》じほどの事にや。

〔校異〕　11○歌頭右上に「続拾」あり（永）。
12○歌頭右上に「玉」あり（永）。

判詞○うとくなといへる―「いへる」ナシ（中）。

〔現代語訳〕

11 長い年を経てわかったことは、山桜を待つにしても、失うことを惜しむにしても、結局、私は、花に心を尽くし果てる人生なのですね。

12 花を待つ心そのものはやはり昔のままでその情念は変わっていないのだ。年をとって、このように春にさえも興味を失いかけてきたのに。

判詞「春にはうとく」など哀れ深く聞こえますが、左も、花を思う心が深く、詞も安らかに詠み下していますので、また同じ程度の歌でしょうか。

〔他出〕 11続拾遺集・春下・九一。山家集・一〇九・四句「心を春は」、「（落花の歌あまたよみけるに）」。西行法師家集・六一四。御裳濯集・春中・一二一。

12玉葉集・雑一・一八六八、「花歌の中に」。西行法師家集・四四、「（花）」。

〔語釈〕 11**○年を経て** 老後の花に対する述懐をいう。「春ごとの花に心をなぐさめて六十あまりの年をへにける」（聞書集・一三二）。**○花にこゝろを…** 後拾遺集の「年を経て花に心をくだくかな惜しむに止まる春はなけれど」（春下・一四四・藤原定頼）のように長い歳月をかけて花に心を尽くしてきたという歌は存在するが、西行の歌は自身の人生の総括としての感慨が桜に純化していくところがある。

12**○春にはうとく** 春と桜を切り離して、春には関心が薄くなっても桜に対しては気持ちが萎えないことを強調する。

〔補説〕 左右とも老後に詠まれたものとは限らないが、ここでは、歌合を結番した老西行の今の桜への感慨を表した歌として提示されている。左は、花を待つことも散るのを惜しむことも結局は同じ程度のことであり、花に心を尽くしてきた人生であったと回想する。式子内親王の「はかなくて過ぎにし方をかぞふれば花に物おもふ春ぞへにける」（新古今集・春下・一〇一）に近い心境がある。左は、春が来たことにさえ興味が削がれていく老境にあっても桜に対する執心だけは昔のままだという、桜と自分の因縁の深さを改めて自覚した歌である。以後の桜詠の結番もそうであるが、晩年にこのような歌を自身の代表歌として示し、自己の桜との因縁語りを行おうとしているところが特徴的である。

七番

左

13 山桜かしらの花に折《を》りそへてかぎりの春の家づとにせん

右勝

14 花よりは命をぞ猶惜《を》しむべき待《ま》ちつくべしと思《おも》ひやはせし

左の、かぎりの春といひ、右の、命《いのち》をぞ猶《なほ》といへる、いづれもあはれ深《ふか》くは侍るを、頭《かしら》の花にとおける、此歌にとりてはさこそはと見《み》ゆれど、雪霜などはつねに聞《き》ゝなれたる事なるを、花といへるもある事にはあれど、いかゞと聞《き》こえ侍るにや。大かたは歌合のためによみ集《あつ》められたる歌に侍らねば、かやうの事しひて申すべきにあらねど、右歌、耳にたつ所なきにつきて、勝《か》つと申すべし。

〔校異〕　13ナシ

14○花よりは—花よりも（永・中）。○まちつく…—「まちつく」以下、ナシ（中）。

判詞○春—春の（永・中）。○雪霜—霜雪（中）。○歌に侍らね—歌には侍らね（中）。○かやうの事—かやうの事は

（永）。〇申すへきにあらね―申すへきにはあらね（永・中）。〇右歌―右の歌（永・中）。〇つきて―つけて（永）。

〔現代語訳〕

13 山桜を、私の頭の花のように白くなった髪に、一枝、折り添えて、最後の春のお土産としよう。

14 花よりは命をやはり惜しむべきなのだ。（もし命がなかったならば、）このように花が咲くのを待って逢おうとは果たして思っただろうか。

判詞 左の「限りの春」といい、右の「命をぞ猶」というのは、どちらの歌も哀れ深くはあるのですが、「かしらの花に」と置いたのは、この歌にとっては、なるほど、とは見えますが、（白髪を見立てる場合には）雪や霜などが聞き慣れている事でありますのを、また花と見立てることもあることはあるのですが、やはりどうかと思われます。（この歌合の歌の）大方は歌合のために詠み集められた歌ではありませんので、このような事は、強いて指摘すべきではないのですが、右歌は、耳に立つところがありませんので、勝つと申すべきです。

〔他出〕

13西行法師家集・六八二・二句「かざしの花に」。聞書集・五八、「老人翫花」。

14聞書集・一三一、「（花の歌十首人人よみけるに）」。御裳濯集・春上・九八・初句「花よりも」。

〔語釈〕

13 **〇かしらの花**　白くなった髪を桜に見立てた。**〇折りそへて**　桜の枝を挿花とすることをいう。**〇かぎりの春**　今年で命の期限が切れてしまい、人生で最後の春だという意。高齢の老人なのでいう。**〇家づと**　旅先から持ち帰る土産をいう。最終的にその一輪の花に思いが凝結されていく。

14 **〇待ちつく**　物事を待ち受けて出会うこと。「ならひありて風さそふとも山ざくらたづぬるわれをまちつけてちれ」（山家集・八四）。**〇思ひやはせし**　「やは」は反語。命がなければ桜のことを思うこと自体がなくなる、との意。

判詞 **〇露霜などつねに聞ゝなれたる…**　「かしらの雪」については「春の日のひかりにあたる我なれど頭の雪となるぞわびしき」（古今集・春上・八・文屋康秀）をはじめとして多く詠まれる。霜については、雪ほどは詠まれず、「われ独かしらの霜のつもらずはけふの別をしまざらまし」（田多民治集・一五二、「長月のころ、こしの国にまかる人に、餞すとて」）などがある。**〇花といへるもある事にはあれど**　定家は、そのような詠み方の存在も一応は認めようとするがやはり珍しい表現であることをいう。実際に用例は探し得ない。「かしらの雪」を花と見え紛うと詠んだ、「ちりかかるいづれが花と見えまがふかしらの雪に色ぞまがへる」（高遠集・一五九）という例はある。

【補説】　命終を意識する老人の花に対する思いを詠む歌を合わせる。ここでも翁としての老西行像が提示されていよう。定家は「かしらの花」を問題にして左を負けにしている。西行には、

花の色にかしらの髪し咲きぬれば身は老木になりはてにける（聞書集・寄花述懐・六五）

といった歌があり、自身が年を重ね、髪が白くなることで、その身が花により慣れ親しんで同化していくというイメージを持っていたらしい。特異な歌であろう。花を挿す白髪の老人像は、能楽の翁のような何らかの芸能イメージが背後にあるのかもしれない。僧体であろう西行がなぜこのような歌を詠むのか、興味深いところである。

八番

左

15　惜《を》しまれぬ身だにも世にはある物をあなあやにくの花の心や

右勝

16　うき世にはとゞめおかじと春風の散《ち》らすは花を惜《を》しむ成りけり

右、花を思《おも》ふあまりに、散《ち》らす風を恨まぬ心《こゝろ》、まことに深《ふか》く侍るうへに、左、あなあやにくのとおける、人つねによむこと葉には侍れど、わざと艶《えん》なる詞にはあらぬにや。散《ち》らすは花をなどいへるは、なほ勝《まさ》り侍らん。

〔校異〕　15ナシ
16○をしむ―思ふ（中）。
判詞○まことに―心《誠に》ふかく（永）。○よむこと葉―よむ事（永・中）。

〔現代語訳〕

15　惜しまれない身さえもまだ世に生きて存在しているのに、（あれほど惜しまれているのに散っていく）なんと意地悪な花の心であろうか。

16　憂き世には留めておくまいとして、春風が花を散らすのは、花のことを思ってのことなのだなあ。

判詞　右は、花を思うあまりに、散らす風を恨まない心は誠に深いものであります上に、左で「あなあやにくの」と置いているのは、人が常に詠むことではありますが、特に優美なことばではないのではないでしょうか。「散らすは花を」などというのは、やはり勝っていると思われます。

〔他出〕　15山家集・一一六、「（落花の歌あまたよみけるに）」。西行法師家集・一〇三、「（花）」。山家心中集・二八。
16玉葉和歌集・春下・二三二、「花を」。山家集・一一七、「（落花の歌あまたよみけるに）」。西行法師家集・一〇四、「（花）」。山家心中集・二九。月詣集・雑上・七〇三。玄玉集・草樹歌上・五九三。御裳濯集・春下・一五四。夫木抄・一五二七、「家集・花歌」。治承三十六人歌合・一七二、「落花」。

〔語釈〕　15**○惜しまれぬ身**　「数ならぬ身」と同様で、自身を卑下する西行らしい表現。**○あなあやにくの**　「あな」は感動をあらわす語で、「あやにく」は期待通りにならず、腹立たしい、意地悪なさまをいう。恋歌に用いられる。定家は判詞にて、このフレーズを上品ならずとして退けている。「人心あなあやにくの世の中やにくみといへばこひしわりなし」（殷富門院大輔集・こひ・一一五）。やや誹諧的な響きがあるか。
16**○うき世**　憂き世。穢土である忌み嫌うべき現世をいう。浄土思想と関連深い語。宮河歌合でのキーワードの一つで、ここでは桜と取り合わせる。**○とゞめおかじと**　風に、花を穢土から救済しようとする意思があるとする。

判詞〇人つねによむこと葉　語釈に殷富門院大輔の歌を引用したが、つねに詠むことばであったのかについては現在では確認できない。

〔補説〕　散りゆく花への思いを述べる歌を合わせる。左は、美しく艶なる花が惜しまれながらもすぐに消え去ることに恨み言を述べる歌だが、それに対比されて、やつれ果てた醜い自分の姿も歌の中に浮かび上がる。右は、厭離穢土の思想で詠まれているかと思われる。桜を清浄なものと捉え、穢土の事物からは分離して考えていこうとする。山家集ではこの歌の次に「もろともにわれをも具して散りね花憂き世をいとふ心ある身ぞ」（一一八）が置かれ、このようなモチーフがより明確に打ち出され、自分も遁世者であるので、桜への同行を強く訴える歌になっている。

九番

左勝

17　世の中を思《おも》へばなべて散《ち》る花の我が身をさてもいづちかもせん

右

18　花さへに世をうき草に成りにけり散《ち》るを惜《を》しめばさそふ山水

右歌、心詞にあらはれて、姿もいとをかしう見え侍れば、山水の花の色、心もさそはれ侍《はべ》れど、左歌、世の中を思《おも》へばなべてといへるより、終句の末《すゑ》まで、句ごとに思ひいれて、作者の心ふかく悩《なや》ませる所侍れば、いかにも勝ち侍らん。

〔校異〕　17〇いつちかもせん―いかさまにせん（中）。

18ナシ
判詞○いとおかしう―いとをかしく（永）。をかしう（中）。○花の色―花色（永）。○おもへは―思《へ》は（中）。○終句―終の句（永）。をはりの句（中）。

〔現代語訳〕

17 世の中のことを思えばすべてこの散る花のように空しく、そのむなしい我が身を（花が散った後には）どこへやったならばよいのだろうか。

18 花でさえ世を憂いて浮き草になってしまったよ。花が散るのを惜しんでいると山水の早き流れが、散った花びらさえ誘って、私の前から消えていくことよ。

判詞 右の歌は、心が詞にあらわれていて、姿もたいそう面白く見えますので、山水の花の色に私の心もひかれますが、左歌は、「世の中を思へばなべて」と言うところから、結句の末まで、句ごとに思いが籠められていて、作者の心を深く悩ませているところが読み取れますので、どうあっても勝ちでありましょう。

〔他出〕 17新古今集・雑上・一四七一。西行法師家集・一〇五。玄玉集・草樹歌上・五九六。西行物語・四八・初句「世の中は」。

18西行法師家集・一〇六。聞書集・六四、「寄花述懐」。玄玉集・草樹歌上・五九七・二句「世をうき草と」。

〔語釈〕 17**○なべて** すべて。「散る花の」の下に「ごとくはかなし」といった無常を表すことばが省略されていて、その「はかなし」に掛かっていく。大胆な省略表現を用いる。**○散る花の我が身** 「の」の下に「ごとくはかなし」といったことばが省略されていると考えて、「散る花のように空しい、そのように空しい我が身を」と訳すが、「花の我が身」という続きが漸進で、定家晩年の作「来ぬ人をまつほの浦の夕なぎに焼くや藻塩の身もこがれつつ」（新勅撰集・恋三・八四九）の傍線部のような表現につながっていく。**○いづちかもせん** 自分の身をどこにやったらいいのかと戸惑う。「花の我が身」というフレーズの効果が活きて、身があたかも桜の花びらのように浮遊、漂白していくイメージを与えている。

18 **〇うき草** 「憂き」と「浮き」を掛ける。小野小町の「わびぬれば身をうき草の根を絶えて誘ふ水あらばいなむとぞ思ふ」(古今集・雑下・九三八)を踏まえての表現。**〇さそふ山水** 小町歌の四句「誘ふ水あらば」による。人間の関知しないところで自然物同士が互いに作用し合って世から消えていくことを思い、孤独感を深める。

判詞 **〇作者の心ふかく悩ませる所…** 西行は、この定家の判詞の草稿を見て「この御判の中にとりて、九番の左の、わが身をさてもといふ歌の判の御詞に、作者のこころふかくなやませる所侍ればとかゝれ候ふ、かへすがへすおもしろく候ふ物かな。なやませると申す御こと葉に、万みなこもりて、めでたくおぼえ候ふ。これあたらしくいでき候ぬる判の御こと葉にてこそさふらふらめ」(贈定家卿文)とひどく心打たれて、賞賛のことばを贈っている。

〔補説〕 左の、散る桜のように空しい世を感得するという歌は、所謂「飛花落葉」の縁覚(独覚)の思想をモチーフとしているところがある。十界のうちの縁覚は、桜の花が散り、紅葉の葉が落ちるのを見て、無常を感得するという思想で、西行の先達でもある増基法師に、すでに花や紅葉は愛でるのではなく、無常を観ずるものだという自然観が見られる。美しい女人の腐っていく様を観想して無常を感得する九想観にも通じる時代の思想である。しかし西行の場合は、得たものは自身の悟りではなく、喪失感であり、不安定な自身の存在を確認することになったというのである。

また右の歌については、「贈定家卿文」によれば、若き定家は、老西行に対して「散るを惜しめば」を「春を惜しめば」に変えてはどうかという提案を行ったという。それに対して西行は「たけたかくなり、こころもこもり、おもしろくもおぼえ候」と評価しつつも、「歌がらの、花にさへになんど申しはじめてつゞけて候、躰の軽きおもむきのすぢに候」としてことばを変えなかった。春全体の事物の一つとして花の歌を評価しようとする定家と、春とは切り離して花だけを愛して詠もうとする西行の姿勢の違いがそこにあるが、西行の「躰の軽きおもむきのすぢ」という歌の姿への考え方は注意しておく必要がある。誹諧的な軽みこそが、この歌の骨法であり、それが上人たちの詠みぶりなのであった。

十番

左

19 かざこしのみねのつゞきに咲《さ》く花はいつ盛《さか》りともなくや散《ち》るらん

右勝

20 風もよし花をも散《ち》らせいかゞせん思ひはつればあらまうき世ぞ

左は、世《よ》のつねのうるはしき歌のさまなれど、右、風もよしとおけるより、終句の末まで、心詞たくみに、人およびがたきさまなれば、勝《まさ》ると申すべし。

〔校異〕 19ナシ

20○花をもちらせ―花をもさそへ（中）。○思ひはつれは―思ひいつれは（永）。

判詞○左は―左（中）。○終句―終の句（永）。○心詞―詞心（中）。○まさると―勝と（永・中）。

〔現代語訳〕

19 風越の峰続きに咲く花はいつが盛りということなく散っていくのであろうか。

20 風も吹くがよい。花をも誘って散らしていくがよい。どうしようもない。このように思い果ててしまうと、何と存在したくもない憂き世であることだ。

判詞 左は、世の常の麗しい歌のさまですが、右は「風もよし」と置いているところから終句の末まで、歌の趣向とそれを表す詞が巧みで、人が及びがたいさまなので、勝ると申すべきでしょう。

〔他出〕　19山家集・八三・五句「なくやちりけん」、「（花の歌あまたよみけるに）」。西行法師家集・七九。山家心中集・一五。玄玉集・草樹歌上・五九五。夫木抄・一二五一、「家集・花卅六首歌中」。
20西行法師家集・一〇七。玄玉集・草樹歌上・五九四・四句「思ひはいづれ」。

〔語釈〕　19○かざこしのみね　信濃国の歌枕（現、長野県飯田市）。院政期頃より、風が強く、高い峰として詠まれる。「かざこしの峰の上にて見るときは雲は麓のものにぞありける」（金葉集三奏本・藤原家経・五二一、「信濃守にてくだりけるときみかさにてよめる」）、「かざこしの峰の桜や咲きぬらん麓に雪のふらぬ日ぞなき」（林下集・四〇）。
20○思ひはつれば　思い詰めた結果、そのことについてあきらめることをいう。「かばかりとおもひはてにし世中になにゆゑとまる心なるらむ」（新勅撰集・雑二・一二四一・行尊）。○あらまうき世ぞ　西行独自のフレーズ。「あらまうし」と「うき世」をつなげている。存在すること自体がいやになる世をいう。「あらまうし」という、歌で詠まれない散文語をあえて取り込み、気分の激しさをストレートに表現する。
判詞○人およびがたきさま　西行独自の特殊な歌のスタイルであることをいう。

〔補説〕　右の歌は歌枕「風越の峰」の名称からくるイメージを活かした歌であるのに対して、左は、荒ぶる西行の自我が歌として表現される。初句・二句・三句を強い調子で歌を切断して、下句にて一気に感情をまくし立てる体裁をとっている。宮河歌合において西行は〈桜と憂き世〉との関係にこだわるが、この歌においては桜が散ってしまうことによる喪失感・空虚感がすなわち憂き世なのだと言い切っている点が特徴である。定家の「人の及び難きさま」という評語は西行の凄まじい情念の発露への畏れであろう。

十一番

左勝

21 かぞへねど今夜の月のけしきにて秋のなかばを空に知《し》る哉

右

22 月のすむ浅茅《あさぢ》にすだくきり〴〵す露のおくにや夜《よる》を知《し》るらん

仲秋三五天、歌の姿たかく、こと葉きよくして、二千里外もまことに残《のこ》るくまなからんと思《おも》ひやられ侍れば、浅芽《あさぢ》が下《した》の虫の音《ね》、月のひかりはおなじく昼《ひる》にまがふとも、露のこと葉は猶空におよびがたくや。

〔校異〕 21ナシ

22ナシ

判詞〇三五天―三五夜天（永）。〇二千里外―二千里の外（永・中）。〇おもひやられ―おもひやられて（中）。〇空におよひかたくや―空におよひかたくや侍らん（永）。〇難及空哉（中）。

〔現代語訳〕

21 数えてはいないが、今宵の月の有様から、今日は秋の半ばである八月十五の夜であると空に知ることだ。

22 月が澄み切った光を落として、（まるで昼間のように明るい）浅茅に集まるこおろぎは、葉に置く露によって夜であることをを知るのだろうか（盛んに鳴く声が聞こえるよ）。

判詞 八月十五夜を詠む左は、歌の姿が格調高く、詞は清らかで、遥か二千里の果てまでも本当に残る隈がないくらい（澄み切った月）であろうと思いやられまして、浅茅が下の虫の音色を詠む右が、月の光は、同じように昼に紛う（くらいの明るさを詠んでいた）としても、「露」を詠んだ右歌は、やはり「空」を詠んだ左歌には及びがたいでしょう。

〔他出〕 21山家集・三三〇、「(八月十五夜)」。西行法師家集・二〇三、「八月十五夜を」。山家心中集・月・三七。

玄玉集・時節歌下・四二八。

22山家集・三九三・五句「秋をしるらん」、「月前虫」。

〔語釈〕 21〇月のけしきにて　月の光や形状などから前日とは異なり、今宵の月が十五夜のそれだと自ずからわかることをいう。「名にたてる今夜と人はつげねども月のけしきぞいふにまされる」（今撰和歌集・御室・七一、「八月十五日夜を」）。〇秋のなかば　仲秋の月。八月十五日の満月をいう。「かぞへねど秋のなかばぞ知られぬる今宵に似たる月しなければ」（新勅撰集・秋上・二六〇・登蓮法師）。

22〇すだく　虫や鳥などが集まり、群れる意をいう。〇きりぎりす　現在のこおろぎをいう。

判詞〇仲秋三五天…　白居易「三五夜中新月色　二千里外故人心」（和漢朗詠集・二四二）を踏まえての判詞。

〔補説〕 秋の月を詠む。空の月の気配に注目する左と、地上の月影に注目する右で結番する。右の歌における、月の光が昼間のように明るいという発想の早い例は、「昼なれや見ぞまがへつる月影を今日とやいはむ昨日とやいはん」（後撰集・雑一・一一〇〇・凡河内躬恒、「月のおもしろかりけるを見て」）から見られ、また露が置くことで夜を知るというのは、「昼とのみいはれの野べの月影は露ばかりこそ夜とみえけれ」（金葉集初度本・秋・二九二・源定信）がある。どちらも平易で穏当な歌ということになるが、右の歌のほうが、風情が過ぎてなおかつ類歌が目立つようである。以後、十六番まで月を詠んだ歌で番える。

十二番

左

23

清見潟沖《がたおき》の岩《いは》こす白浪に光をかはす秋の夜《よ》の月

右勝

月すみてふくる千鳥の声す也心くだくや須磨《すま》の関守

清見潟《がた》、須磨《すま》の浦、関の名所のさま、左まさる、右おとるとはまことに申しがたく侍れど、姿につきては猶岩《いは》こす浪により、心を思《おも》へば、又夜深《ぶか》き関にとまりぬべく侍るを、崇徳院の百首御製中、うらわの風に空はれてと侍れば、近《ちか》き代の事なれど、玉《たま》の声久《こゑひさ》しくとゞまりて、今《いま》は昔《むかし》といふばかり時代へだゝり侍りにければ、猶右の勝つとや申すべからん。

〔校異〕 23ナシ　24ナシ

判詞○すまの浦─須磨の関《うら》(永)。須磨関(中)。○関の名所のさま─名所のさま(中)。○夜ふかき─夜ふかく(永)。○崇徳院の百首御製中─崇徳院の百首の御製の中に(永)。崇徳院御製の中に(中)。なお永青文庫本・中大本は改行せず。○空─霧《空》(永)。○侍れは─と侍るは(永)。底本「空侍れは」の「空」を永青文庫本・中大本により削除する。○ちかき代─近代(永)。○時代へたゝり─時へたゝり(永)。時代へたゝりて(中)。○右の勝とや─右勝とや(中)。底本「勝」の横に「かつ」の振り仮名あり。

〔現代語訳〕

23 清見潟の沖の岩を越す白波に、光を差し交わしている秋の夜の月であるな。

24 月が澄んで更けていく夜に千鳥の声が聞こえてくる。さぞや心を悩ませているであろう須磨の関守は。

判詞 清見潟、須磨の浦、関所の名所の様子、左歌が勝る、右歌が劣るとは本当に申しにくいのですけれども、歌の姿につきましては、やはり「岩越す浪」に(歌の評価が)傾き、歌の心を思えば、また「夜深き関」に(歌の判断が)とどまりそうになりますところを、崇徳院の『久安百首』の御製の中に「浦わの風に空晴れて」とありますのは、近い時代のことですけれども、院の美しいお声が長く耳にとどまっていて、これも今は昔という程の時世が隔たりましたので（気にすることはないと思われますが）、やはり（院の御製に似ている）という理由で右の歌の勝ちと申すべきでしょうか。

〔他出〕 23山家集・三二四、「名所月」。西行法師家集・二二〇、「（月の歌あまたよみ侍りしに）」。山家心中集・月・五七。夫木抄・一一九五三、「家集、月歌中」。西行物語・一一〇・四句「ひかりをそふる」。

24ナシ

〔語釈〕 23**○清見潟** 駿河国の歌枕（現、静岡県清水市）。院政期より詠まれはじめる。平安時代には海際に関があった。「清見潟波路さやけき月を見てやがて心や関をもるべき」（長秋詠藻・五四九）のように、その名のイメージから月の清さが詠まれた。**○光をかはす** 崇徳院の「玉寄する浦わの風に空晴れて光をかはす秋の夜の月」（千載集・秋上・二八二／久安百首・四二）を踏まえて詠む。

24**○心くだくや** 心が砕けるほど物思いに乱れることをいう。勅撰集では後撰集から詠まれ、千載集にて三首見られ、平安末期において秋や冬の風景の寂しさをあらわす語として好まれた。「月さゆる氷の上に霰降り心くだくる玉川の里」（千載集・冬・四四三・俊成）。**○千鳥の声す也** 源氏物語須磨巻で「友千鳥もろ声に鳴く暁はひとり寝覚めの床も頼もし」（二二〇・光源氏）と詠まれ、須磨の夜の景物として有名。**○須磨の関守** 須磨は、摂津国の歌枕（現、神戸市須磨区）。古く関があった。貴人流謫の地で、在原行平と源氏物語須磨巻の光源氏のイメージが強い。西行歌は、源氏物語須磨巻を踏まえた源兼昌の「淡路島通ふ千鳥の鳴く声にいく夜寝覚めぬ須磨の関守」（金葉集二度本・冬・二七〇、「関路千鳥といへることをよめる」）を参考にして詠まれる。なお勅撰集では千載集に五首詠まれ、その用例は急増する。

判詞 **○崇徳院** 元永二年（一一一九）～長寛二年（一一六四）。第七五代天皇。鳥羽天皇第一皇子。母、待賢門院璋子。在位期間、保安四年（一一二三）～永治元年（一一四一）。保元元年（一一五六）、鳥羽院崩御後、保元の乱にて敗北し、

讃岐に配流。そのまま崩御。白峰に葬られる。西行がその墓地に参詣し、奉じた歌が、三十二番左にある。天皇名ということでここで改行する諸本が多い。**〇百首御製中…** 久安六年（一一五〇）成立の崇徳院主催の『久安百首』で詠まれた「玉寄する浦わの風に空晴れて光をかはす秋の夜の月」をいう。**〇近き代の事なれど…** 以下、西行の歌の要となるフレーズ「光をかはす」を含む下句が院の歌と同じであることを慎重に指摘して右を勝ちとする。

〔補説〕 東国の関所「清見が関」と西国の関所「須磨の関」をそれぞれ海辺の秋の月の風情で詠じる。どちらも『堀河百首』の「関」の題で詠まれる。左は、下句が崇徳院と同じであることを定家は気にするが、これについては西行の崇徳院のつくりだした表現への敬意のあらわれとして考えた方がよい。西行にはあえてこのような歌を評価させることによって定家を試す意図が潜むように思える。なお天空の月により煌めく地上の事物が、あたかもその光を交差し合っているように見えるという神秘的な趣向は、同時代には以下の作品に見られる。

光をやさしかはすらんもろこしの玉つむ船をてらす月影（清輔集・一四五）

木の下に宿らざりせば見ましやは月さしかはす花のひかりを（久安百首・一二一一・藤原教長）

また右は、他出がなく、左の東国の関所の月に合わせるかたちで歌合のために新たにつくった作品かと思われる。本歌は、西行と源氏物語との関連性という問題があるが、これも千載集において流行した「須磨の関守」を取り扱った歌をあえて評価させることで、定家の反応を見極めたいという意図があるか。

須磨の関ありあけの空になく千鳥かたぶく月はなれもかなしき（千載集・冬・四二五・俊成）

波の上に有明の月を見ましやは須磨の関屋にとまらざりせば（千載集・羇旅・五〇一・源国信）

源国信の歌は『堀河百首』の作品で、源氏物語の影響を受けて、須磨の関守を詠んだ歌としては早い例。俊成の歌もそうであるが、源氏物語の面影を背景に置いて、夜更けの月・千鳥・関という素材をどう活かすのかが歌づくりのポイントとなっていることが多い。この歌からは都の歌壇の最新の状況にも気を配る西行の姿も見えてくる。

十三番

左

25 山かげにすまぬ心はいかなれや惜《を》しまれている月もある世に

右勝

26 いづくとてあはれならずはなけれども荒《あ》れたる宿ぞ月はさびしき

左右、心姿《すがた》うるはしうくだりて、いづれと申しがたけれど荒《あ》れたる宿《やど》ぞ月はさびしきといひはてたる、猶よろしくも侍るかな。

〔校異〕 25○歌頭左上に「新古」あり（永）。
26ナシ
判詞○うるはしう―うるはしく（永・中）。○いつれと―いつれとも《と》（中）。○猶よろしくも侍る―「猶」ナシ（永）。猶よろしく侍る（中）。

〔現代語訳〕
25 山陰の庵に遁世しない心はいったいどのようなものか。惜しまれながらでも山陰に入っていく月もある世なのに。
26 どこに居ても哀れを催さないことはないのだけれども、荒れた宿に照らす月は特に寂しいものである。
判詞 左右の歌、心と姿がともに麗しく詠み下されてあって、どちらが勝つかと申しにくいのですが、「荒れたる宿ぞ月はさびしき」と（左歌に比べると）すっきりとまとめたところが、やはりよろしいものかと思われます。

〔他出〕 25新古今集・雑中・一六二三。西行法師家集・一七六・二句「すまぬこころの」、「（月）」。西行物語・七七。定家十体・面白様・一八八・初句「やまざとに」三句「なになれや」。
26風雅集・秋中・六一七・初句「いづことて」五句「月はさやけき」、「月歌とて」。山家集・三四〇、「(月歌あまたよみけるに)」。西行法師家集・一九九、「(月)」。山家心中集・月・六五。玄玉集・天地歌下・二一九。御裳濯集・秋中・四三一。

〔語釈〕 25**○山かげ**　山に隠れた閑寂な地。隠遁の地をあらわす語として新古今期に流行した。藤原良経の「をはり思ふ住まいかなしき山かげに玉ゆらかかる朝顔の花」（新勅撰集・雑三・一二三二）のように山陰は死を待つ隠遁の場として、その風情が盛んに開拓されるようになる。西行の詠む「山陰」はそのような意味でも注目されたであろう。御裳濯河歌合にも一例詠まれている。**○すまぬ**　「住まぬ」と「澄まぬ」の掛詞。
26**○荒れたる宿**　荒れ果てた宿の寂しき風情を詠む歌は多い。「板ま荒み荒れたる宿のさびしきは心にもあらぬ月をみるかな」（後拾遺集・雑一・八四六・清仁親王）。

〔補説〕 月の歌で合わせる。左の歌は、山の端に入る月を、あたかも遁世しようとしていると言ったところがユニークな作品となっている。惜しまれても遁世する月に対して誰からも惜しまれない人が遁世しないことへの皮肉の意を込める。『定家十体』の「面白様」に入る。右の歌が素直な歌のかたちになっていて、定家としては勝ちを付けやすかったのであろう。

十四番

左

27
月の色に心をきよくそめましや都をいでぬ我が身なりせば

右勝

わたの原浪にも月はかくれけり都の山をなにいとひけん

両首歌、洛外之月色、海上之暁影、又しひてわきがたく侍れど、右、波にも月はなどいへる、いま少《すこ》し強《つよ》くや聞こえ侍らん。

〔校異〕　27〇心をきよく―心をふかく（永・中）。

28ナシ

判詞〇つよくや聞え侍らん―つよく聞え侍らん（中）。

〔現代語訳〕

27　月の色にこんなにまでも心を清く染めたであろうか。都を出ない我が身であったならば。

28　大海の波にも月は隠れたのだなあ。都の山を（月が入るといって）どうして厭っていたのだろうか。

判詞　両首の歌における、「洛外の月の色」と「海上の暁の月影」（のそれぞれの風情）、また強いて勝劣を付け難いのですけれども、右の歌の「波にも月は」などという表現が、いま少し的確に物事を伝えることができているのではないでしょうか。

〔他出〕　27新古今集・雑上・一五三四。西行法師家集・六五九・二句「心をふかく」五句「我が□なりせば」。西行物語・一九三・二句「こころをふかく」。

28玉葉集・秋下・六五八、「(月歌の中に)」。山家集・一一〇二、「(たびの歌よみけるに)」。西行法師家集・一八四、「(月)」。山家心中集・月・五〇。

〔語釈〕　27ナシ

28**〇波にも月はかくれけり**　都では月が山の端に沈むが、海上においては水平線の向こう側に沈んでいくことをいう。

〔補説〕左右とも旅の途上、あるいは修行の途上での月を詠み、都と比較する視点が入る。左歌は、修行の途上で月光を浴びる機会が多かったことによってこのように言うか。「清く」（「深く」とする本もある）と月の光が心を清浄なものにするという趣向に特徴がある。右の歌は、舟上にて水平線に月が沈む感慨を詠む。何もない海において月さえも消えていくのは、それが山に隠れるよりも空虚で侘びしい旅の情趣を誘うということであろう。定家は、右の歌の二句「波にも月は」を「いま少し強く」と評する。助詞の用い方に関する指摘かと思われるが、特に「は」が明確に主体を限定、提示していることを言うか。

十五番

左

29 世の中のうきをも知《し》らですむ月の影は我が身のこゝちこそすれ

右勝

30 かくれなく藻《も》にすむ虫は見《み》ゆれどもわれからくもる秋の夜《よ》の月

右歌、見《み》るべき月を我はたゞといふ古《ふる》き歌思《おも》ひ出でられて、くもる涙もあはれ深《ふか》く、藻《も》にすむ虫かくれぬ月の光も、底きよく侍れば、勝《まさ》ると申すべきにや。

〔校異〕29○こそすれ—底本「こ」は虫食いにつき中大本・永青文庫本にて確認して補う。
30ナシ
判詞○ふるき歌—ふるき心（永）。○かくれぬ—のかくれぬ（永）。○底清く—空清く（中）。

〔現代語訳〕

29 世の憂さも知らずに空に独り住んでいる月の、その澄み切った光は、まるでわが身そのものかという幻想にとらわれてしまうよ。

30 （澄んだ月は）隠れることがなく藻に住む虫の姿まで見えるけれども、この私自身の涙のせいで（それほど澄んでいるのに）曇っていく秋の夜の月よ。

判詞 右の歌は、「見るべき月を我れはただ」という古い歌が思い出されて、（月に対して）泣き曇らせる涙の様子もあわれ深く、藻に住む虫が隠れないくらい、明るい月の光も、水底が清き澄むように思えますので勝ると申すべきでしょうか。

〔他出〕 29 玉葉集・雑五・二四九四・二句「うきをもしらず」、「寄月述懐といふことを」。山家集・四〇一、「寄月述懐」。西行法師家集・一九五・五句「心ちにぞある」、「（月）」。山家心中集・月・七二、二句「うきをもしられで」。御裳濯集・秋中・四三一。

30 西行法師家集・六四三・二句「もにすむ虫の」、「月歌中に」。玄玉集・天地歌下・一六九・三句「見ゆるとも」。西行物語・八五。

〔語釈〕 29 **○うきをも知らですむ** 「澄む」と「住む」を掛ける。**○我が身のこゝち** 心を澄まして住んでいる遁世者である自分と、天空の孤高の月とを同等のものとして思う。

30 **○藻にすむ虫** 「割殻《われから》」をいう。海藻に付着する体長1～4センチの小型の甲殻類。古今集の「あまのかる藻に住む虫のわれからと音をこそなかめ世をば恨みじ」（恋五・八〇七・藤原直子）を踏まえて詠まれる。**○われからくもる** 藻に住む虫である「われから」に「我から（自ら）」の意を重ねる。

判詞 **○「見るべき月を我はたゞ」といふ古き歌** 拾遺集の「さやかにも見るべき月を我れはただ涙に曇る折ぞ多かる」（恋三・七八八・中務）をさす。月が涙で曇っていくさまを詠んだ歌は多い。

〔補注〕左右ともに清澄な月光を詠む。右の歌は、月の白光に包まれるところからあたかも自身が月の光に同化していくような感覚を得ている。「ゆくへなく月に心の澄み澄みて果てはいかにかならんとすらん」（山家集・三五三）が比較的近い感覚の歌としてあげられる。月に照らされてできる自身の影を詠んだ作品ではなかろう。定家は右の歌を勝ちにするが、右の歌は古歌の伝統的なことばと風情を継承しており、判定しやすい歌であったかと思われる。

十六番

左持

31 うき世には外なかりけり秋の月ながむるまゝに物ぞかなしき

右

32 捨《す》つとならばうき世をいとふしるしあらんわれ見《み》ばくもれ秋の夜の月

月はうき世のといふ歌のこと葉につき心を思《おも》へる、ともに深《ふか》く見え侍れば、持とや申すべからん。

〔校異〕31ナシ

32○われみはくもれ―わか身はくもれ（永）。

判詞○うき世のと―うき世と（永）。○こと葉につき―詞につきて（永・中）。○おもへる―おもへは（永）。

〔現代語訳〕

31（古人は月を見ると心が慰められるのは月が憂世の他の事物だからだと詠んだが）やはり憂世の他の事物ではないのだ。なぜならば秋の月を眺めていると、慰められるどころか、もの悲しくなってくるのであるから。

32 世を捨てたというならば、この憂き世を厭う証拠があるだろう。もし私が見たならば曇ってしまえ、秋の夜の月よ。

判詞「月はうき世の」という歌の詞を踏まえて、（二首の歌の）心を思うと、ともに（作者の苦悩が）深く見えますので持と申すべきでしょう。

〔他出〕 31残集・二七。玄玉集・天地歌下・一七〇。

32新古今集・雑上・一五三五・四句「われみばくもる」。西行法師家集・一九六・四句「我にはくもれ」、「（月）」。玄玉集・天地歌下・一六八、四句「我が身はくもれ」。西行物語・八四・四句「われにはくもれ」。

〔語釈〕 31**〇外なかりけり** 月は憂世の外から巡ってくる特別なものではなく、結局は同じ憂世の事物に過ぎずないことをいう。拾遺集の大江為基の「ながむるに物思ふ事のなぐさむは月はうき世の外よりや行く」（雑上・四三四、「めにおくれて侍りけるころ、月を見侍りて」）を踏まえる。**〇物ぞかなしき** 為基歌の「なぐさむ」に対していう。月も心を悲しくさせる憂きものであったことをいう。

32**〇しるし** 証拠となるもの。世を捨て、憂き世を厭う確証を求めることをいう。**〇われ見ばくもれ** 遁世の確証として、月に対して曇ることを要求する。秋の月が照り輝く風景は、遁世には相応しくないとする。本来であれば、そのような美しい月を見ても、動じない心の状態が望ましいのであるが、それが無理なので曇れ、という意識がある。

判詞**〇月はうき世の** 右歌語釈に引用した拾遺集の大江為基歌をいう。為基歌を踏まえて定家はこの二首を理解しようとする。ここでの西行歌は、為基歌のように月を憂き世に属しない事物と捉えることをしない。ゆえに、左歌は、月を見ると悲しくなると詠み、右歌は、心が誘惑されないように曇れという。

〔補説〕 秋の月の美しさに対する遁世者としての苦悩と葛藤を詠む歌で合わせる。両宮歌合では様々な視点で月は表現されるが、ここで詠まれる秋の月は、風雅の月がテーマとなっている。つまり遁世者としては拒絶しなければいけない対象である。西行はそれを克服できない苦悩を詠む。

十七番

左

33 秋来《き》ぬと風にいはせて口なしの色《いろ》そめそむる女郎花哉

右勝

34 花がえに露の白玉ぬきかけて折《を》る袖ぬらす女郎花《をみなへし》かな

左歌、風にいはせて口《くち》なしなどいへるも、いとよろしくは見《み》え侍るを、右歌の姿心、猶尤優也。仍為勝。

〔校異〕 33○いろそめそむる―色にそそむる（永）。

34ナシ

判詞○くちなしなと―くちなしのなと（永）。くちなしのと（中）。○いへるも―いへる（永）。○右歌の姿心―右歌姿心（永）。右歌の姿（中）。

〔現代語訳〕

33 秋が来たと風に言わせておいて、自分は、くちなしの色に染めはじめた（艶めかしい）女郎花だな。

34 花の枝に美しい露の白玉を貫きかけて、それを折る男性の袖を濡らす女郎花だな。

判詞 左の歌は、「風にいはせて口なしの」というのも、たいへんよろしく見えますが、右の歌の姿と心はやはり甚だ優美です。よって（右を）勝ちとします。

〔他出〕 33ナシ

34山家集・二八〇、「女郎花帯露」。西行法師家集・二三二、「女郎花帯露といふことを」。山家心中集・雑上・二〇三、「をみなへしつゆをおびたりといふことを」。玄玉集・草樹下・六六三。

〔語釈〕　33○秋来ぬと風にいはせて　古今集の藤原敏行の「秋来ぬと目にはさやかに見えねども風の音にぞおどろかれぬる」(秋上・一六九)による。女郎花は、くちなし色なので自らは声にできないものとして詠む。○口なしの色　赤みを帯びた濃い黄色。女郎花の色をあらわす。「くちなしの色をぞ頼む女郎花花に愛でつ人に語るな」(拾遺集・秋・一五八・実頼)。

34○露の白玉ぬきかけて　古今集の僧正遍昭の「浅緑糸よりかけて白露の玉にもぬける春の柳か」(春上・二七)による。女郎花の枝に白露が連なって置いている様をいう。美しく着飾る女性をイメージするか。

〔補説〕　女郎花で合わせる。どちらも艶やかな女人のイメージをもって詠まれている。もともと女郎花はその名称から以下のように艶めかしい女人のイメージで詠まれていた。

名にめでて折れるばかりぞ女郎花我れ落ちにきと人に語るな(古今集・秋上・二二六・遍昭)

女郎花多かる野辺に宿りせばあやなくあだの名をや立ちなむ(古今集・秋上・二二九・小野美材)

遠くの野辺に逢いにいくということや、遍昭の「我れ落ちにき」や美材の「あやなくあだの名」あたりからは遊女のイメージを捉えてもよいかと思われる。西行の左歌については、秋が来て艶めかしく化粧をする姿が、また右歌については美しく着飾った野に住む女性に手を出した男性が、その涙に触れて袖を濡らすことになるという物語性が認められよう。定家は「露の白玉ぬきかけて」とする表現の伝統性で優劣を判断しているのであろうが、いずれも艶めかしい歌である。

十八番

左

35

山里はあはれなりやと人とはゞ鹿のなくねを聞《き》けと答《こた》へん

36

右勝

小倉《をぐ》山ふもとをこむる秋霧に立《た》ちもらさるゝさを鹿の声

たちもらさるゝさを鹿の声《こゑ》、また聞《き》かぬたもとまで露おく心地し侍れば、猶勝《まさ》ると申すべし。

〔校異〕 35○こたへん―こたへよ（中）。
36○歌頭右上に「新勅」あり（永）。秋霧に―夕霧に（永・中）。
判詞○まさる―勝（永）。

〔現代語訳〕
35「山里はどれほど哀れなものなのか」と人が尋ねたならば、「（ここに来て）鹿の鳴く音を聞いてみなさい」と答えよう。
36 小倉山では、麓を籠める秋霧に漏らされるように聞こえてくるさお鹿の声よ。
判詞「立ちもらさるるさお鹿の声」は、又その声を聞いていない私の袂まで（涙の）露が置く心地がしますので、やはり勝ると申しましょう。

〔他出〕 35西行法師家集・二六五、「（鹿）」。聞書集・九四、「（あきのうたに）」。御裳濯集・秋上・三三八、「鹿歌とて」。
36新勅撰集・秋上・二八〇・三句「ゆふぎりに」。西行法師家集。二六六、「（鹿）」。

〔語釈〕 35**○人とはゞ** 五句の「と答へん」に対応する。上句と下句でこのように問答するのは、古今集の在原行平の「わくらばにとふ人あらば須磨の浦に藻塩たれつつわぶと答へよ」（雑下・九六二）が有名であり、以後もよく見られる歌の形式である。
36**○小倉山** 山城国の歌枕（現、京都市右京区嵯峨）。大井川を挟んで嵐山と向かい合う。西行の遁世地の一つ。「を鹿なく小倉の山のすそ近みただひとりすむ我が心かな」（山家集・四三六、「小倉の麓に住み侍りけるに、鹿の鳴きけるを聞きて」）といった歌を残している。**○秋霧に**　秋霧の中から聞こえてくる鹿の声は特に寂しきものとされた。「この比の秋のあさけに霧がくれ妻よぶ鹿の音のさびしさ」（古今六帖・九四〇）、「さらぬだに夕べさびしき山里に霧のまがきにを鹿鳴くなり」（千載集・秋下・三一一・待賢門院堀河）。「夕霧」とする本文も多い。なお伝西行筆月輪切は「あきゝり」とある。**○立ちもらさるゝ**　「たち」は強意の接頭語で、霧の縁語。「もらさるる」の「るる」は受身の助動詞ととる。声は霧の中で籠もるものであるが、鹿の声の痛切さから、声が漏らされるとした。

判詞**○また聞かぬたもと**　主語は定家で実際にはその鹿の声を聞いていないにもかかわらず、歌の哀感の深さから自分も袂を濡らすと評価する。なお伝西行筆月輪切では「又」と漢字を当てる。

〔補説〕　鹿の音で合わせた。左は、都と山里の対比があり、鹿の音に山里の秋の情趣を象徴させるが、歌自体は特に留意すべき点がなく、定家は何も言及していない。右については、小倉山の秋の風情が、鹿の音と霧との関係で詠まれていて、「立ちもらさるる」というフレーズがあることによって、やや誹諧的な西行らしい歌のつくりになっている。

十九番

左勝

37 白《しら》雲をつばさにかけて行く雁《かり》の門田の面の友したふなる

右

38 烏羽《からすば》にかく玉づさの心地して雁鳴《な》きわたる夕闇《ゆふやみ》の空

烏羽《からす》の玉づさ、あとなきことにはあらねど、近《ちか》き代より人好《この》みよむことに侍るべし。左の歌の心詞ことにこひねがはれ侍れば、勝《か》つと申すべし。

〔校異〕　37○歌頭左上に「新古」あり（永）。
38ナシ
判詞○ちかき代―近世（永）。○左の歌の心詞―左歌心詞（永・中）。○こひねかはれ―ことにこひねかはれ（永）。○かつと―底本「と」は虫食いにつき、中大本・永青文庫本にて補う。

〔現代語訳〕
37白雲をその翼にかけて大空を行く雁が、門田の面に臥している友を慕ってあちこちで鳴き交わす声が聞こえるよ。
38真っ黒な烏の羽に書いた文章のような心地がして、雁が鳴きながら渡っていく夕闇の空よ。
判詞「烏羽の玉章」は、証拠がないことではありませんが、近き代より人々が好み詠むようになりました。左の歌の心と詞は、特に庶幾われますので勝ちと申しましょう。

〔他出〕　37新古今集・秋下・五〇二・五句「友したふなり」。山家集・四二二・五句「ともしたふなり」、「雁声遠近」。西行法師家集・二五三・三句「とぶかりの」五句「友したふなり」、「遠近に雁を聞くといふことを」。山家心中集・二一四、「とをくちかくかりをきく」。御裳濯集・秋上・三六六。西行物語・一〇九・三句「とぶ雁の」五句「ともよばふこゑ」。定家八代抄・秋下・三七五。詠歌大概・三七。
38新拾遺集・秋下・四九九、「入夜聞雁といへる事をよめる」。山家集・四二一、「入夜聞雁」。西行法師家集・二六二、「雁」。山家心中集・雑上・二一五、「よにいりてかりをきく」。宝物集・二六五。御裳濯集・秋上・三六八。

〔語釈〕　37**○白雲をつばさにかけて**　白雲の中を飛行する雁をいう。雲を出すことで遠くの雁と、眼前の門田の雁の距離感を演出する。**〇門田**　門前の田。雁は餌を求めて飛来する。万葉集に見られる語であるが特に院政期以降、田園風景をあらわす語として詠まれる。**〇友したふなる**　空の雁と地の雁が鳴き交わしているさまを友を慕っていると聞きなす。

38**〇烏羽**　鳥の羽をいう。黒い烏羽に墨書をしても文字がわからないので見分けがつかないことをいう。『日本書紀』敏達紀に、高麗から来た手紙の文字が烏羽に墨書してあり読めなかったが、飯の湯気に蒸して白い絹衣に羽を押して読んだという故事に基づいて歌に詠まれる。**〇夕闇の空**　月の出がない、暗い夕方をいう。「夕闇に羽うちかはし飛ぶ雁の名告れば空に数ぞ知らるる」（教長集・雁行知声・三八〇）。

判詞**〇あとなきことにはあらねど**　「跡なし」で証拠や確証がないこと。烏羽の「語釈」で記した敏達紀の故実に関連させていうか。なお『日本紀竟宴和歌』や歌学書類にも烏羽の墨書の由来が見える。**〇近き代より人の好みよむ**　勅撰集では『堀河百首』で詠まれた「わが恋は烏羽にかくことのはのうつさぬほどは知る人もなし」（金葉集二度本・恋上・四一二・顕季）が知られ、八代集にはこの歌一例にとどまっている。それ以外では「見手跡恋」の題で「人知れぬことを書きける烏羽を見るよりうつる我が心かな」（為忠家後度百首・五六七・為忠）がある。現存の資料からは「好み詠む」ことであったのかは確認できない。

〔補説〕　雁を詠んだ歌を合わせた。左は、雁の声が遠近でする様を「白雲」と「門田」で表し、その声を「友慕ふ」と聞いている。久保田注（ソフィア文庫）は一・二句について「蘇武の雁信の故事を念頭に、「白雲」を玉章に見立てる意識があるか」とする。右は確かに故事を踏まえており、対応からするとそのような考えを見てもいいかと思われ検討の余地を残す。右は、古代から伝わる「烏羽」の故実を踏まえて詠む院政期の歌らしい作品になっているが、定家は好まなかった。ただし「雁鳴きわたる夕闇の空」にはすでに中世的不気味さがある。

二十番

左勝

39 秋篠《あきしの》や外山の里やしぐるらん生駒《いこま》のたけに雲のかゝれる

右

40 なにとかく心をさへは尽《つ》くすらむ我がなげきにて暮《く》るゝ秋かは

心をさへは尽《つ》くすらんなどいへること葉のよせありて、ことなるとがなく侍れど、生駒《いこま》のたけの雲をみて外《と》山の里の時雨を思《おも》へる心、なほをかしく聞《き》こえ侍れば、左の勝《か》ちとや申すべからむ。

〔校異〕 39○歌頭左上に「新古」あり（永）。
40○なくとかく—なにとなく（永）。
判詞○こと葉の—事のはの（中）。○ことなるとかなく—殊にとかなく（中）。○たけの—嶽に（永）。○里の—里まて（永）。○をかしくきこえ侍れ—をかしく侍《きこえ》れ（永）。○左のかちとや—左勝とや（永・中）。

〔現代語訳〕
39 秋篠では今、外山の里に時雨が降っているのであろうか。生駒の岳に雲がかかっているよ。
40 どうしてこのように（今日は）心さえ尽くしてしまおうとするのか。わたしの嘆きを尽くすことによって暮れていく秋であろうか（そうではあるまいに）。
判詞「心をさへは尽くすらん」などいうのは、ことばの縁があって、特に難点はないのですが、生駒の岳の雲を見て外山の里に降る時雨を思う心は、やはり趣深く聞こえますので、左の勝ちと申すべきでしょうか。

〔他出〕 39新古今集・冬・五八五。西行法師家集・六二〇。玄玉集・天地歌下・二六一・二句「と山のおくや」。

西行物語・一六。近代秀歌・五〇。詠歌大概・五六。定家八代抄・冬・五〇四。八代集秀逸・七五。時代不同歌合・二四。

40山家集・三〇五、「（人人秋歌十首よみけるに）」。西行法師家集・二七四・初句「なにとなく」、「秋の暮」。山家心中集・雑上・二三八、「秋のくれに」。御裳濯集・秋下・四九二。閑月集・秋下・二九〇・二句「こころをさへに」。

〔語釈〕 39**〇秋篠** 大和国下添郡（現、奈良市秋篠町）。歌枕。秋篠寺があり、生駒山は西に見える。院政期になると歌に詠まれるようになる。藤原教長は、「秋篠は折ならずとや春はただ霞のうちに立ち隠くるらん」（教長集・霞籠寺深・四三）と春に詠むが、「折りならずとや」に秋篠という名から秋に詠むべき歌枕というイメージがある。西行は聞書集では「初雪は冬のしるしに降りにけり秋篠山の杉の梢に」（一六一、「冬のうたに」）とも詠む。ここでも冬ということに対する秋篠の秋という意識で詠んでいる。**〇外山** 里に近い山。ここは生駒山に最も近い里という意でいう。**〇生駒のたけ** 大和と河内の境にある山で、特に高い地点（六四二メートル）を中心にいう。歌枕。修験道の行場でもあり、高く険しい山という認識で西行は「岳」といったか。ここに雲がかかると雨が降るというように地域の天候を予想する場であった。「君があたり見つつを居らむ生駒山雲な隠しそ雨は降るとも」（伊勢物語・二三段・五〇）。なお、俊恵が『林葉集』（神宮文庫蔵本）で「いづくをかながめてすぐるこのころは生駒のたけも霧こめつらん」（五三八）と詠んでいる。

40**〇心をさへは尽くすらむ** 秋が暮れしまうので、物思いも今日を限りに尽してしまうことを強調していう。季節の終わりを惜しむ時に用いるフレーズとして、「残りなく暮れゆく春を惜しむとて心をさへも尽くしつるかな」（金葉集二度本・春・九〇・雅定）、「声たてて鳴けどかへらぬ春ゆゑに心をさへも尽くしつるかな」（久安百首・春・一二〇・公能）などのように院政期には定着していた表現であった。**〇我がなげきにて** 自身の嘆きが尽きると同時に秋も尽きてしまうことをいう。

判詞 **〇こと葉のよせありて** 「九月尽」と「心を尽くす」が縁あることばであることをいう。「語釈」に記した雅定と公能の歌のように季節が暮れることに取り合わせて、心が尽きることを詠むのは先例がある。

【補説】 新古今集は左を冬部に入れるが、右との対応からどちらも晩秋の歌を合わせたと考えてよい。左の歌は、奈良盆地側から生駒の方面を眺望して詠んだ。生駒を「岳」として詠んだ右歌では以下の作品が『和歌初学抄』にも入り、当時も知られていたと思われる。

難波戸を漕ぎいでて見れば神さぶる生駒の岳に雲ぞたなびく（続後撰集・羇旅・一三二二・よみ人知らず／原歌は万葉集）

定家は、近代秀歌・詠歌大概・定家八代抄・八代集秀逸に左の歌を入れており、高く評価していた。右は、春や秋が暮れていくので我が思いさえも今日を限りで尽くしてしまおうとする歌の型を踏まえて詠まれていて、大袈裟な嘆きにも聞こえるが、比較的平易な趣向と言えよう。

廿一番

左持

41 真菅《ますげ》おふる荒田《あら》に水をまかすれば嬉《うれ》し顔《がほ》にも鳴く蛙かな

右

42 水たゝふ入江の真菰《まこも》かりかねてむな手《て》に過ぐる五月雨のころ

左右、心姿《すがたおな》同じさまの事に侍るべし。あら田に水をといひ、むな手《て》に過ぐるといへる、いづれもいひしりて聞《き》こえ侍れば、よき持に侍るめり。

【校異】 41ナシ

42ナシ
判詞○いへる—いへるも（永）。いへるは（中）。○よき持に—よき《持》にて（中）。○侍るめり—侍り（永）。

〔現代語訳〕

41 真菅が生えている荒田に水を引き入れると、いかにも嬉しそうな表情をつくって鳴く蛙だな。

42 豊かに水をたたえている入り江の真菰を刈ることができないで、手持ちぶさたでむなしく過ごす五月雨の頃であるな。

判詞 左右の歌、心と姿は同様のことでしょう。「あら田に水を」といい、「むな手に過ぐる」といえる、どちらの歌も、手慣れた感じで詠まれているように聞こえますので、どちらも優れた歌で持であるようです。

〔他出〕 41風雅集・春下・二六八、「春の歌の中に」。山家集・一六七、「かはづ」。西行法師家集・一二六、「かはづ」。山家心中集・雑上・一九〇、「かはづ」。月詣集・二月・八八。御裳濯集・春上・八〇。

42山家集・二〇七・二句「いは間のまこも」、「さみだれ」。

〔語釈〕 41**○真菅** 水辺や湿地帯に生えるつりぐさ科の多年草。夏に刈りとり蓑などをつくる。なお「真」は美称。西行歌以前に田園とともに詠んだものに「真菅生ふる野沢の小田をうちかへし種まきてけり注連はへて見ゆ」（国基集・苗代・一五）などがある。**○荒田** 耕す前の春の田をいう。新しく開墾された「新田」と混合される。拾遺集に「あづさ弓春のあら田をうち返し思ひやみにし人ぞ恋しき」（恋三・八二一・よみ人知らず）と詠まれるのが早い例。西行には、本歌を含めて「ひばりたつあら田に生ふる姫百合の何につくともなき我が身かな」（西行法師家集・七五一）など、三例、確認できる。**○まかすれば** 水を新たに田に引き入れること。**○嬉し顔** 「…顔」という表現は院政期に流行したもので、西行もよく用いている（ただし「嬉し顔」という語は例を見ない）。両宮歌合でも、「見せ顔・託ち顔」（以上、御裳濯河歌合）、「恨み顔」（宮河歌合）とあり、霞や涙・袖といった事物の状態に用いている。普通は、…らしい様子に見える意をいい、本歌も蛙の鳴き声が嬉しげに聞こえると考えるべきであろうが、ここでは水を得た蛙の顔そのものにも注目しているようでもある。蛙の表情に注目した用い方は誹諧的であろう。

42〇**真菰**　水辺や湿地帯に生えるイネ科の多年草。長さは1～2メートルほどある。夏に刈り取り筵を編んだりするのに使う。「三島江の入江の真菰雨降ればいとどしをれて刈る人もなし」（新古今集・夏・二二八・経信）、「五月雨に沼の岩垣水越えて真菰刈るべきかたも知られず」（金葉集二度本・夏・一三五・師頼）のように夏の五月雨で刈り取りができないむなしさを詠む場合が多い。〇**むな手**　空手で、手に何も持たないこと。素手。歌には詠まれない語。

判詞〇**いひしりて**　「むな手」や「荒田」は必ずしも優美なことばではないが、うまく使いこなされていて評価できることをいう。〇**よき持**　どちらの歌も優れていて甲乙付けがたいことをいう。

〔補説〕　春の農耕と夏の真菰刈りといった労働風景を詠む。左は、水を得た蛙の顔が鳥獣戯画に描かれた生物のように浮かんでくるところがポイントで、生き生きとした歌になっている。また右の歌については、五月雨に真菰を刈りわびている風景を詠む例は多いが、西行は「むね手」という俗語を用いることにより新鮮さを出そうとする。このような新語を用いる詠み方は六条藤家にも通じるが、定家は「言ひ知りて」いるということで、ここでは評価している。

廿二番

左勝

43　郭公谷《たに》のまに〳〵おとづれてあはれなりつるみねつゞき哉

右

44　人聞《き》かぬ深《ふか》き山辺のほとゝぎすなく音《ね》もいかにさびしかるらん

左歌、面影《おもかげ》ありて優にこそ侍るめれ。右歌も、鳴く音《ね》もいかになどいへる、まことにさびては聞《き》こゆれど、左の、谷のまに〳〵、猶深《ふか》く思ひいれたる所侍れば、勝《か》つと申すべし。

〔校異〕 43○あはれなりつる―あはれに見ゆる（永）。さひしかりける（中）。○みねつゝき哉―藤つゝしかな（永）。
44○ふかき山辺―ふかき山路（中）。○なくねもいかに―底本「なくねの《も》いかに」。
判詞○いかになと―いかにさひしなと（永）。○左の谷―左の詞谷（永）。

〔現代語訳〕
43 時鳥が谷の間ごとにそれぞれ訪れて来て、あわれ深い峰続きの山々であることよ。
44 誰も聞く人が居ないほど深い山辺の時鳥、その鳴く声も、どれだけさびしいものだろうか。
判詞 左歌は、（閑居で聞く時鳥の）面影が浮かんできて優美でありましょう。右歌も、「鳴く音もいかに」などというところが、まことに寂しく聞こえますが、左の、「谷のまにまに」がやはり深く作者の思いを入れたところがありますので、勝ちと申すべきでしょう。

〔他出〕 43御裳濯集・夏・二一一。
44ナシ

〔語釈〕 43**○谷のまに〳〵** 谷間ごとに。あちらこちらの谷から時鳥の鳴き声が聞こえてくることをいう。「村村の木伝ふ春になりぬらし山のまにまに鶯鳴くも」（古今六帖・うぐひす・四四一一）。山家集の「ほととぎす深き山辺に住むかひはこずゑに続く声を聞くかな」（一四七〇）は「かひ」が「甲斐」と「峡」の掛詞になっていて、また「梢に続く声」という点からも、本歌に歌の構成が似ている。
44**○人聞かぬ深き山辺** 静寂に包まれた山奥をいう。大峯の深仙で見た月を詠んだ「深き山にすみける月を見ざりせば思出もなきわが身ならまし」（山家集・一一〇四）や「有明の月にまがへる雪の色も深き山路はまさるとを知れ」

（玄玉集・三二七・修範）など、深山で見る自然の事物は格別の風趣を持つとされた。

判詞**〇面影ありて**　歌の情景を聞き手に想起させるところがあると評価している。**〇さびて**　閑寂なさまをいう。下句で「さびし」を強調していることに対応していう。

〔補説〕　夏の時鳥で合わせる。左右とも閑居・山居で聞く時鳥であろう。左は、一声しか鳴かず、十分に満足して聞くことができないともされる時鳥の鳴き声を山中故に、度々聞くことができる遁世者の感慨で詠まれている。右は、山里の側から深山のことを思う視点で詠まれ、深山で鳴いているであろう時鳥を想像して詠む。それを受ける感情表現「いかにさびし」について、定家は一応「まことにさびて」とは評価するが、やはり平易すぎるのであろうか、左を勝ちとする。

廿三番

左持

45　しのにをるあたりもすゞし河やしろ榊《さかき》にかゝる浪の白木綿《しらゆふ》

右

46　楸《ひさぎ》おひて涼《すゞ》めとなれる陰《かげ》なれや浪うつ岸《きし》に風わたりつゝ

左右歌、浪のけしき、納涼のこゝろ、又ことにわくべき所侍らぬにや。

〔校異〕　45〇しのにをる―しのおふる（中）。

46ナシ

判詞〇左右歌浪のけしき―左右の波のけしき（中）。

〔現代語訳〕

45 浪が篠に寄せては返して、あたりも涼しいことだ。川社では榊に、白浪が白木綿の幣のように掛かっているよ。

46 （ここは）楸が成長して涼し目になった陰だからであろうか。浪に打たれる岸辺に風が渡り続けてくるよ。

判詞 左右の歌、浪の景色、納涼の風情、また特に（優劣を）区別するところはないのではないでしょうか。

〔他出〕 45西行法師家集・七五〇・四句「榊にかくる」。閑月集・夏・一六一。夫木抄・三二八三・四句「さかきにかくる」、「家集、夏神楽、明玉」。

46山家集・一〇二〇。西行法師家集・五九〇。山家心中集・雑上・一五一。御裳濯集・夏・二六二・初句「ひときおひて」。夫木抄・三六四二・初句「ひさぎおひ」、「家集」。

〔語釈〕 45**○しのにをる** 難解な歌句。「篠に折る」か。篠は、葦や薄のような形状をしている小さく細い竹。「折る」は浪が寄せては返すさまをいうか。「風吹けば花咲く浪の折るたびに桜貝寄る三島江の浦」（山家集・一一九一）。紀貫之の「河やしろしのにをりはへほす衣いかにほせばかなむかひざらむ」（新古今集・神祇・一九一五、「延喜御時屏風に、夏神楽の心よみ侍りける」）を踏まえる。なお中大本は「篠に生ふる」である。**○河やしろ** 平安末期以来、難解な語として知られる。顕昭は、夏神楽のことであると言い、その神楽の設備として、川辺に榊を立てて、篠を棚に葺て、神供を備えるという。また俊成や定家は、水が漲り、滝が落ちる神聖な自然環境自体を川社と考えているようである。名越の祓えの時にはそこで夏神楽をするという。「五月雨は岩波あらふ貴船川かはやしろとは是にぞ有りける」（玄玉集・八六・俊成）。西行がこの語義をどう考えていたのかは不明であるが、榊ということばがあるので、顕昭の理解に近く、篠は夏神楽において神供を供える設備の一部として詠まれるか。**○榊** 常緑樹で木綿を付けて神事に用いる。**○木綿** 楮の皮を裂いて、細い糸状にしたもので、榊に掛けたりして神事に用いる。真っ白なので白木綿ともいう。和歌では神楽歌・神祇歌に詠まれ、また白波に譬えられる。「いくかへり波の白木綿かけつらん神さびにけり住の江の松」（長秋詠藻・神祇・八一）。

46〇楸　落葉高木のキササゲをいうか。川辺に生える木として詠まれる。アカメガシワであるとも。「ぬばたまの夜のふけゆけばひさぎおふる清き河原に千鳥しば鳴く」(万葉集巻六・雑歌・九二五・山部赤人)。〇涼め　不明。「暑め」の反対で涼し目になったという意か。〇陰　夏になり楸が成長してできた木陰。

判詞〇納涼　夏の暑さを避けて涼しさを味わう心をいう。

〔補説〕　夏の納涼を川波に寄せて詠んだ歌で合わせる。左の歌は、初句の本文が不明確であるが、夏越の祓えのために用意された河社の榊に、白波が寄せて、涼しさをもたらすという趣向と考えておく。なお、河社を夏越しの祓えと関連させて詠んで、秋近い涼しさを詠む院政期の例には以下の大江匡房の歌がある。西行歌の参考になろう。

かはやしろ秋は明日ぞと思へばや波のしめゆふ風の涼しき(江帥集・七七)

紀貫之の河社については、語釈にあげた一首のほかに「夏かぐら」の題で詠んだ「行く水の上にいはへる河社かはなみ高くあそぶなるかな」(貫之集・四八四)がある。

右の歌も「すずめ」という語が難解であるが、風が渡り、波がかかる、楸の生い茂る川辺の木陰に視点を置き、納涼の場を形成している。生い茂った植物を目指して風が吹き寄せてくるのかと考える。定家は左右の歌の難解な語については言及を避けて、川辺の波の情景に納涼を求めた西行の作意を評価しているようである。

廿四番

左持

47

霜うづむ葎が下《した》のきりぐ〵すあるかなきかの声きこゆ也

右

小倉山《をぐら》ふもとの庭に木の葉散《ち》ればこずゑに晴《は》るゝ月をみる哉

両首歌、左、暮秋霜底、聞二暗蛬残声一。右、寒夜月前、望二黄葉落色一。意趣各宜、歌品是同。仍為レ持。

〔校異〕　47ナシ

48○ふもとの庭―ふもとのさと（永）。ふもとの里（中）。

判詞○仍―ナシ（永）。

〔現代語訳〕

47　霜に埋められた葎の下にこおろぎがいて、そこから微かな声が聞こえてくるよ。

48　小倉山の（山陰に隠れた）暗い麓の私の庭では、木の葉が散ってしまえば、梢に清明な月を見ることだな。

判詞　両首の歌は、左が、暮秋の霜の底で、闇の中で鳴く、生き残ったこおろぎの声を聞いていて、右は、寒夜の月の前で黄葉の落葉を望み見ています。歌の趣意はそれぞれよいもので、歌の品格も同じであります。よって持とします。

〔他出〕　47山家集・四九三、「十月はじめつかた、やまざとにまかりたりけるに、きりぎりすのこゑのわづかにしければよめる」。西行法師家集・二七九、「十月のはじめの比、山郷にまかりたりしに、すずむしのこゑのわづかにし侍りしに」。山家心中集・雑上・二六〇、「十月はじめのころ山ざとにまかりたりしに、きりぐ〵すのこゑわづかにし侍しかば」。御裳濯集・秋下・四九一・五句「こゑきこふなり」。宝物集・一三六・四句五句「あるか無きかに声ぞ聞ゆる」。

48新古今集・冬・六〇三・二句「ふもとの里に」。西行法師家集・二九二・二句「ふもとの里に」、「（冬月）」。西行物語・一七・二句「ふもとのさとに」。

〔語釈〕　47○**あるかなきかの**　紀貫之の「手にむすぶ水に宿れる月影のあるかなきかの世にこそありけれ」（拾遺

集・哀傷・一三二二）のフレーズを引用する。寒さの中で弱って死んでいくこおろぎを、そのか細い声で表現する。
48**○小倉山**　山城国の歌枕（現、京都市右京区嵯峨）。ここでは「小暗」を掛けていて、下句の「晴るる」に対応している。紅葉や鹿の名所。紅葉のイメージを残しつつ、冬の月と取り合わせた。**○ふもとの庭**　「ふもとの里」とする本文も多い。伝西行筆月輪切は「ふもとのには」とある。
判詞**○暮秋**　山家集の詞書によれば冬のはじめの歌である。**○黄葉落色**　紅葉の落葉をいう。
〔補説〕　冬の歌で合わせる。定家の判詞はまたも漢文体を用いるが、その理由はよくわからない。漢詩文的世界を両首の背景に読み取っているか。

廿五番

左

49 吉野《よし》山ふもとに降《ふ》らぬ雪ならば花かと見《み》てや尋《たづ》ねいらまし

右勝

50 風さえてよすればやがて氷《こほ》りつゝ帰る浪なき志賀の唐崎《からさき》

左も、うるはしきさまによろしう侍れど、帰る浪なきなどいへるよりは、花にまがふ吉野《よしの》ゝ雪ふりてや聞《き》こえ侍らん。仍以右為勝。

〔校異〕　49ナシ
50歌頭左上に「新勅」あり（永）。
判詞○よろしう―宜（永）。よろしく（中）。○いへるよりは―いへるは（中）。○ふりて―よりは深く（中）○きこえ侍らん—聞ゆらん（永）。

〔現代語訳〕

49 吉野山の麓に降ってこない雪であったならば、桜の花がすでに咲いたかと見て尋ね入るところであったろうに。

50 風が冴えて波が寄せればそのまま凍り付き、寄せ返す波はない志賀の唐崎であるなあ。

判詞 左の歌も、麗しいさまで、よいかと思いますが、「帰る浪なき」などというよりは、花に紛う吉野の雪は古風に聞こえます。よって右の歌を勝ちとします。

〔他出〕 49 続千載集・冬・六七一。山家集・五六五、「（冬歌十首）」。西行法師家集・三〇八、「（冬の歌どもよみ侍りしに）」。山家心中集・二七五、「（冬の歌あまたよみ侍とて）」。治承三十六人歌合・一七五、「雪」。

50 新勅撰集・冬・四〇〇。山家集・五六四、「（冬歌十首）」。西行法師家集・三〇六、「（冬の歌どもよみ侍りしに）」。山家心中集・二七四、「（冬の歌あまたよみ侍とて）」。

〔語釈〕 49 **○ふもとに降らぬ雪ならば……** 雪を桜に錯覚して早く吉野山に分け入りたいけれども、それを許さない麓に降る冷たい雪に厳冬の山間の里の厳しさを強調させる。

50 **○帰る浪なき** 志賀の浦波が凍るさまをいう。「さよ更くるままにみぎはや氷るらん遠ざかり行く志賀の浦波」（後拾遺集・冬・四一九・快覚法師）。**○志賀の唐崎** 琵琶湖の西岸の地名。近江国の歌枕（現、滋賀県大津市）。湖であるが「さざ波」が寄せる地として知られる。「こほりゐし志賀の唐崎うちとけてさざなみよする春風ぞ吹く」（詞花集・春・一・大江匡房）。

判詞 **○ふりてや聞こえ侍らん** 凍った波を「返る波なき」というのに対して、吉野の雪を花に紛う趣向が古びた印象を受けると指摘する。

〔補説〕 冬の山の雪と湖の氷の歌で合わせる。どちらも中世の勅撰集に入る。左は、類型的な趣向に基づく作意であるのに対して、右は、院政期以降の比較的新しい趣向を取り入れている。「風さえて」というフレーズも金葉集以降に詠まれるようになる。

廿六番

左持

51 おしなべて物を思はぬ人にさへ心をつくる秋の初風《はつかぜ》

右

52 誰《たれ》住《す》みてあはれ知《し》るらむ山里の雨降《ふ》りすさむ夕暮の空

左の秋の風、右のゆふべの雨、心かれこれにみだれて、又わきがたく侍れば、持とや申すべからむ。

〔校異〕 51○をしなへて—底本「をしこめて」を永青文庫本・中大本にて改める。なお伝西行筆月輪切も「をしこめて」とある。

52ナシ

判詞○秋の風—秋風（永・中）。○ゆふへの雨—夕雨（永）。暮雨（中）。○かれこれ—これかれ（永）。

〔現代語訳〕

51 一様に物の情趣を解さない人にさえ繊細な感受性をもよおす秋の初風よ。

52 いったい誰がここに住んで、この哀れさを感じているのだろうか。山里の雨が降り荒んでいる秋の夕暮れの空よ。

判詞 左の秋風と、右の暮の雨は、私の心があれやこれやと乱れて、また優劣を分けがたいので、持と申すべきでしょうか。

〔他出〕 51新古今集・秋上・二九九。西行法師家集・一六七。玄玉集・時節歌下・三九六・四句「心をつくす」。御裳濯集・秋上・二八九。西行物語・二五。定家八代抄・秋上・二八五、「秋の歌とてよめる」。
52新古今集・雑中・一六四二。西行法師家集・二七一、「雑秋」。玄玉集・天地歌下・二四四。西行物語・一二三・三句「やまざとに」。

〔語釈〕 51**○おしなべて** 総じて、一様に、の意。四句にかかる。**○心をつくる** 「心」は、物の情趣を解する感受性をいい、秋風がそれを付けると擬人化していう。「心を付くる」は、フレーズとしては珍しい。**○秋の初風** 秋を告げる風で、うら悲しく、肌寒いものとして詠まれる。
52**○誰住みて** 自分以外にこの感覚を共有できる人がこの辺鄙な山里にいるのかという孤独感をいう。**○雨降りすさむ** 天候が荒れている状態をしめす。「すさむ」は、勢いがおもむくままになるという意か。勢いが衰える意にも「すさむ」は用いるが、この場合は、突然、激しく降ったり、あるいは小降りになったりと、風雨が勢いのまま不安定に荒れた気象状況を示すのであろう。

〔補説〕 左の歌は、古今集の「木の間よりもりくる月の影見ればこころづくしの秋は来にけり」（秋上・一八四・よみ人知らず）のように秋における人の心の変化を初風によって観念的に詠む。右の歌は、この時代に好まれた、山里における秋の夕暮の風情であり、西行は、「雨ふりすさむ」で、荒涼としたイメージをもって情趣を開拓しようとした。新鮮な作品として受け取られたであろう。定家は「しがらきの外山の霰ふりすさび荒れ行く比の雲の色かな」（拾遺愚草・二四一七、「三宮十五首、冬歌」）と詠んでいる。「荒れ行く」とあるので、ここも、勝って気ままに荒れる不安定な気象状況をいう「すさび」であろう。

廿七番

左

53 我がこゝろさこそ都にうとくならめ里《さと》のあまりにながゐしてける

右勝

54 ほどふれば同《おな》じ都のうちだにもおぼつかなさはとはまほしきを

左歌も、姿さびて、いとあはれには聞《き》こえ侍るを、右、猶とゞこほる所なくいひながされて侍れば、勝《まさ》るとや申すべからん。

〔校異〕53○うとくならめ―うとからめ（永）。○なかゐ―なかめ《ゐ》（中）。○してける―してけり《る》（永）。してけり（中）。

54ナシ

判詞○左歌―右歌（永）。○あはれには―あはれにも（永）。○右―左（永）。○まさるとや―勝とや（中）。

〔現代語訳〕

53 わたしの心は、さぞかし都に疎遠になるだろうな。里にあまりに長居してしまったから。

54（会わずに）時が経てば、同じ都の中に住んでいる場合でさえ、その消息が心配で尋ねたくなるものなのに（まして都を離れたら、どれだけゆかりの人たちのことが気になることか）。

判詞 左の歌も、姿が寂びて、たいそうあわれに聞こえますが、右の歌は、やはり滞るところがなく詠み下されていますので、勝ちと申すべきでしょうか。

〔他出〕53ナシ

54続後撰集・羇旅・一二九三、「遠行別といふことを」。山家集・一〇九一、「とほく修行に思ひたち侍りけるに、遠行の別と云ふ事を、人人まできてよみ侍りしに」。西行法師家集・四四四、「旅のこころを」。月詣集・別部・一五四・四句「おぼつかなきは」、「とほく修行にいでけるに、人人わかれのこころをよみ侍りけるに」。

〔語釈〕53○さこそ　推量の表現と呼応して、さぞかし、さぞと、程度の甚だしい意に用いる。○都にうとく　山里に長く居たために都のことがすっかり疎遠に感じられることをいう。

54○ほどふれば　「ほど」は、時間。知人や親友としばらく会わないで時が経った状態をいう。○おぼつかなさ　相手の消息や安否が不明確で、心許なく、気がかりなことをいう。「都にておぼつかなさをならはずは旅寝をいかに思ひやらまし」（金葉集三奏本・別離・三四九・民部内侍、「資業伊予へ下りける時よめる」）。

判詞○さびて　この語の使用の意図不明。心が、都と疎遠になると思われるほどの長い遁世生活の感慨に対して言うか。

〔補説〕旅に関する感慨を詠んだ歌で合わせるか。左は、山里に長く居すぎた、かつての都人の感慨を詠む歌合の独自歌で、晩年の伊勢住まいの心境を都との関連で漏らしたものとも考えられる。一方、右は、都から旅立つ時に友や知人の前で詠まれた挨拶歌で、友の安否を問うこともできなくなる遠方への旅の哀感を詠んでいる。

廿八番

左勝

55
時雨《しぐれ》かは山めぐりする心かないつまでとのみうちしほれつゝ

右

56

我が宿《やど》は山のあなたにある物をなにとうき世を知《し》らぬ心ぞ

時雨かはとおけるより、いつまでとのみうちしほれつゝ、といひはてたる末の句も、猶左や勝《まさ》り侍らん。

〔校異〕 55ナシ

56ナシ

判詞〇をけるより―をけるよりも（永）。

〔現代語訳〕

55（私の心は）時雨なのか（いや、そうではあるまい）。（それにしても時雨のように）山めぐりする心だな。いつまで（このような修行の旅を）繰り返すのかと、（やはりまた時雨のように）泣き濡れながら考えをめぐらせるばかりだよ。

56わたしの宿は（遁世に相応しい）山の彼方にあるのに。どうして憂世を（憂世だと）理解できずに（俗世に執着する）心であるのか。

判詞「時雨かは」と置いて「いつまでとのみうちしほれつつ」と詠み終えた末の句についても、やはり左の歌が勝っているのではないでしょうか。

〔他出〕 55山家集・一〇三二・初句「しぐるれば」五句「うちしをれつつ」。西行法師家集・五三六・四句「いつまでとなく」五句「打ちしをれつつ」、「（述懐の心を）」。

56山家集・七一六・四句「なににうきよを」。

〔語釈〕 55**〇時雨かは**「かは」は反語。時雨であろうか、いやそうではないの意。**〇山めぐりする心**　山めぐりする時雨のように逡巡する心をいう。また「山めぐり」は山々の寺社を巡拝する意があるので、霊地を巡っている自身の姿を重ねている。「もろともに山めぐりする時雨かなふるにかひなき身とは知らずや」（詞花集・冬・一四九・道雅）。**〇しほれつゝ**「しほる」は、湿る。実際に時雨に濡れながら山めぐりをしていることからもいう。ぐったりする意の「しをる（萎る）」をとる説もある。泣き濡れながら考えをめぐらせる意。

56 **○山のあなた**　世の憂さを感じることのない山奥の遁世地。具体的には、吉野の奥や高野山の別所などをいうか。古今集の「み吉野の山のあなたに宿もがな世の憂き時の隠れ家にせむ」（雑下・九五〇・よみ人知らず）を踏まえて詠む。**○うき世を知らぬ心ぞ**　山の彼方に隠遁していたとしても、現世が憂き世であることを理解せずに固執しようとする心を自ら批判する。

〔補説〕　述懐を詠んだ歌で合わせる。左の歌は、冬の聖地巡礼の途上での感慨であろう。このように激しく逡巡する歌をあえて代表歌として自歌合に提示する老西行の思いに注目したい。また右の歌も、厳格な遁世者とはほど遠い、苦悩・葛藤する歌であり、宮河歌合には、桜の歌といい、憂世に戸惑う歌が色濃く提示される。

廿九番

左

57 年月をいかで我が身におくりけん昨日の人も今日《けふ》はなき世に

右勝

58 昔おもふ庭にうきゝをつみおきて見《み》し世にも似《に》ぬ年の暮哉

昨日の人も今日はなき世、まことにさる事と聞《き》こえて、いとあはれには侍るを、庭にうき木をつみおきてとおける、さだめて思《おも》へる所あらんとみえ侍るうへに、見し世にも似《に》ぬ年の暮《くれ》かなといへるも、猶優に聞《き》こえ侍れば、勝《か》つともや申すべからむ。

〔校異〕 57〇歌頭右上に「新古」あり（永）。〇昨日の人も―昨日見し人（中）。
58〇庭にうき、を―庭にたき木を（永）。
判詞〇昨日の人も―昨日見し人（中）。〇まことに―殊に（永）。〇さる事ときこえて―ナシ（中）。〇いとあはれには―あはれには（永）。あはれに（中）。〇うき木―薪（永）。〇思へる所あらん―思ふところありけん（中）。〇優にきこえ侍れは―優に侍れは（中）。〇勝ともや―勝とや（永・中）。

〔現代語訳〕
57 年月をどのようにして我が身の上に過ごしてきたのか。昨日見ていた人も今日は亡くなってしまう、（このような儚い）世の中において。
58 庭にこのように流木を積み置いて昔のことを思い出している。昔過ごした世とは異なるみすぼらしい年の暮れであることだ。
判詞「昨日見し人今日は無き世」は誠にそうであろうと思われて、たいそうあわれでありますが、「庭にうき木をつみおきて」と詠むのは、きっと何か思うところがあるだろうと見えます上に、「見し世にも似ぬ年の暮かな」というのも、やはり優れていますので、勝ちとも申すべきでしょうか。

〔他出〕 57新古今集・雑下・一七五〇。山家集・七六八。西行法師家集・三九九・二句「いかで我がみも《に》」、「（無常の心を）」。山家心中集・雑下・三四一、「（無常歌あまたよみ侍し中に）」。西行物語・二一・三句「つもりけむ」。定家八代抄・雑上・一五二二。定家十体・事可然様・一三四・二句「いかでわが身の」。
58新古今集・冬・六九七・四句「みしにもあらぬ」。西行法師家集・三一三、「歳暮」。聞書集・一〇〇、「古郷歳暮」。玄玉集・時節歌下・四五七・二句「庭にたきぎを」。西行物語・三三・二句「庭にたき木を」。定家八代抄・冬・五七五。

〔語釈〕 57ナシ

58 **○うき木**　浮き木。流木。水に浮かぶ木片。年木の代用か。みすぼらしい今の生活環境をしのばせ、また浮き木のように行方知らずの我が身を象徴させるか。「うき」には「憂き」を掛け、憂きことを積み重ねてきた我を年の瀬に回顧する。「あすか川うき木につもるあは雪の浪たちくればたのもしげなし」（堀河百首・無常・一五六〇・俊頼）。「心こそうき世の岸を離るれど行方も知らぬあまのうき木を」（源氏物語・手習・七八五・浮舟）。**○見し世**　在俗の賑やかなりし往時の家庭環境をいう。

判詞**○さだめて思へる所**　「庭に浮き木を積む」情景に作者の苦悩の象徴を見てとる。

〔補説〕　左右とも述懐性の強い歌として合わせられている。左は、人の死に対して世の儚さを感得し、自身の来し方とまた行く末におののく。新古今集では前後に「地獄絵を見て」詠んだ歌「おろかなる心のひくにまかせてもさてさはいかにつひの思ひは」（一七四九）、「受けがたき人の姿に浮かび出でてこりずや誰もまた沈むべき」（一七五二）が置かれ、唱導性の強い聖《ひじり》の戒めの歌として理解している。右は、侘びしい歳暮の心を詠む。豊かさや華やかさの象徴としてあった昔の庭園に対して、生活のための木材がただ置いてあるだけの現在、その落差ゆえにわびしさが増していく年の瀬の感慨を詠む。

卅番

左持

59 待《ま》たれつる入あひの鐘の音《おと》す也明日《あす》もやあらば聞《き》かんとすらん

右

60 なに事にとまる心のありければさらにしも又世のいとはしき

左の、鐘の音《おと》に心つきはて、勝《まさ》ると申すべきを、右の、さらにしも又といへる、負《ま》くべき歌のこと葉とは見《み》え侍らねば、勝負又わきがたくや。

〔校異〕 59ナシ
60ナシ
判詞○鐘のをと―鐘の歌（永）。鐘のこゑ（中）。○右の―右のうた（永）。○まさる―勝と（中）。○勝負又わきかたくや―勝劣わきかたくや（中）。

〔現代語訳〕
59 待たれていた入相の鐘の音が聞こえる。明日も生きていればこのように聞こうとするだろうか。
60 世の中の何事かに執着する心がいまだに存在するので、今更ながらまた世の厭わしさが生じてくるのだ。
判詞 左の鐘の音に、心が思い尽きて勝ちと申すべきところですが、右の「さらにしも又」というのも、負けるべき歌の詞とは見えませんので、勝負の判断はできないのではないでしょうか。

〔他出〕 59新古今集・雑下・一八〇八。山家集・九三九。西行法師家集・五七三、「（述懐の心を）」。山家心中集・雑上・一二五。西行物語・七六。定家八代抄・雑中・一六三四。定家十体・事可然様・一三六。
60新古今集・雑下・一八三一・初句「なきことに」。山家集・七二九、「述懐」。西行法師家集・四九四、「素覚がもとにて、俊恵と罷合ひて、述懐し侍りしに」。山家心中集・雑下・三一一、「素覚が許にて、俊恵などまかりあひて、をもひをのべ侍しに」。西行物語・四。定家八代抄・雑上・一五七〇。

〔語釈〕 59**○入あひの鐘** 日没を告げる鐘。「山寺の入相の鐘の声ごとに今日も暮れぬと聞くぞかなしき」（拾遺集・哀傷・一三二九・よみ人知らず）・「今日過ぎぬ命もしかと驚かす入相の鐘の声ぞ悲しき」（新古今集・釈教・一九五五・寂然、「此日已過、命即衰滅」）。**○明日もやあらば** 明日も生きて命があればという意。無常の世なので明日をも知らぬ命を思う。「夕暮は物ぞ悲しき鐘の音を明日も聞くべき身とし知らねば」（詞花集・雑下・三五七・和泉式部）。

60 **○さらにしも又**　遁世しているはずの身であるのに俗世のことが気になり、さらにまた厭わしく思い遁れたくなるのはなぜか、と強く自身に問いかける。

判詞 **○心つきはてゝ**　判者の心が思い尽くすという意。鐘を「撞く」の縁でいう。

〔補説〕　述懐の歌を合わせる。右は、西行法師家集の詞書によると、素覚の許に俊恵等が集まって述懐の歌を詠んだ時のものである。「遁世」と「憂世」との関わりを思考する歌は隠者たちの間で多く詠まれたのであろう。西行も繰り返し逡巡している。その姿が宮河歌合には如実に見られる。ここでの、俗世を厭うのはまだそこに未練があるからだとする自己分析は、遁世・出家という世界に入ってはみたものの、常に俗世に関わらざるを得ない当時の遁世者たちの心境を代表しているのであろう。新古今集の雑下では一八二八番から本歌の一八三一番まで四首続けて西行の憂き世にまつわる歌を載せている。この集における西行像の一つは、俗世と遁世のはざまで悩み戸惑う、述懐歌の作者というところにもある。このような西行の述懐歌に求められていた役割は、聖者と俗人のはざまで揺れ動く葛藤と苦悩の過程と有様を示すことであり、それが時代の関心を強く集めた遁世・発心を目指す人たちの一つの生きる指標となっていた。

61

卅一番

左勝

亡《な》き人をかぞふる秋の夜もすがらしほるゝ袖や鳥辺野《とりべの》ゝ露《つゆ》

右

はかなしやあだに命の露消《き》えて野辺《べ》にや誰も送《おく》りおかれん

送《おく》りおかれん野べのあはれも、浅《あさ》く見《み》なさるゝには侍らねど、左の下句、猶長《なが》き夜の袖の露《つゆ》も深《ふか》くおきまさる心地し侍るにや。仍為勝。

〔校異〕　61ナシ
62ナシ
判詞○なかき夜―底本「なかき世」を永青文庫本・中大本により改める。○心地し―心ちして（永・中）。○おきまさる―せ《を》きまさる（中）。

〔現代語訳〕
61亡くなった人たちの数を数えて（供養する）秋の夜通し、涙に濡れいてる袖に置いているのは、鳥辺野にてはかなく消えていった人たち一人一人の命の露なのであろうか。
62（人とは何と）儚いものなのか。むなしく命は露のごとく消えてしまい、（その死体は）誰であろうが野辺に送り置かれるのだろうか。
判詞（右の）人が死んで送り置かれる野辺の哀れさも、浅く見なされるものではありませんが、左の下句で、秋の長夜を通して袖に露が深く置きまさると詠むのは、（その哀れさも）やはり深くまさる心地がするのではないでしょうか。よって（左が）勝ちとします。

〔他出〕　61西行法師家集・三九三・四句「しをるる袖や」、「無常の心を」。
62新続古今集・哀傷・一五八〇、「（無常の心を）」。山家集・七六四・四句五句「野べに我が身やおくりおくらん」。

〔語釈〕　61**○亡き人をかぞふる**　西行に死後の供養を依頼していた人、また知人などを言うか。その人たちの供養をするのであろう。**○鳥辺野ゝ露**　鳥辺野は鴨河東岸（現、京都市東山区）にある野辺送りの地。都の死処を代表する地で、歌枕でもある。文学では、蓮台野など他の葬送地に野辺送りにされても鳥辺野のこととして詠まれることもあった。そこで置いた露は、はかなく消えていった人々の命そのものをいう。袖がしおれるほど置く露で、亡くなった人の多さをいう。

62**〇あだに**　脆く儚いさまをいう。**〇野辺にや誰も…**　人は誰しも死して野辺送りをされるさだめにあることを歎く。「露」と「野辺」「置く」は縁語。

〔補説〕　左は、秋の終夜、亡き人の数を数え、こぼれ落ちる涙に、亡くなった人たちの命を象徴する鳥辺野の露を見るという歌である。おそらく、その亡者たちは、西行自身が葬送に関わった人たちであり、改めて、供養をしているのであろう。『閑居の友』で慶政上人が、亡くなった人の名を交名帳に書き込み、「さても、この書き置くたびに袖のしほるる藻塩草の中に、その顔などのきはやかにて、ただ今その人に対へる心地のして、ところせきまでに覚ゆるもあり」（上・二二）と供養している箇所などが思い出される。右は、山家集で「野辺にわが身や」とあるところを「野辺にや誰も」と歌合では改変している。左の野辺送りされた亡者たちを思う歌に合わせるかたちで、人の世の無常を詠んだ歌とした。このような野辺送りや葬送地の歌は、西行和歌の特徴でもあり、それは彼の阿弥陀聖《ひじり》的な要素のあらわれなのである。

卅二番

左

63

道かはるみゆきかなしき今宵《こよひ》かな限《かぎ》りの旅《たび》と見《み》るにつけても

右

64

松山の波《なみ》にながれて来《こ》し舟のやがてむなしく成りにけるかな

左右共為二旧日之重事一。故不レ加レ判。

〔校異〕 63ナシ

64ナシ

判詞○左右共―左右共に（中）。○旧日之重事―霜日之往事（永）。旧日重事（中）。

〔現代語訳〕

63（今までの華やかな御幸とは）道が変わる（死出の山路への）御幸が何と悲しい今宵であるのか。これが最後の旅路と見るにつけても。

64松山の波に都から流れて来た船は、そのまま都に帰ることなく、この地で海に消えてしまい、讃岐の院は配流されて、そのままこの地で空しく死んでしまったことよ。

判詞 左右、ともに往年の歴史的重大事であります。ゆえに加判をしません。

〔他出〕 63玉葉集・雑四・二三七三、「鳥羽院かくれさせ給て御わざの夜、むかしつかうまつりなれにし事などでおもひつづけてよみ侍りける」。山家集・七八三、「をさめまゐらせける所へわたしまゐらせけるに」。西行法師家集・三九四、「（無常の心を）」。西行物語・二一二。古今著聞集・二五三。

64山家集・一三五三、「さぬきにまうでて、まつやまのつと申す所に、院おはしましけん御あとたづねけれど、かたもなかりければ」。西行法師家集・四五六、「讃岐にまうでて、松山の津と申す所に、新院おはしましけむ御跡を尋ね侍りしに、かたもなかりしかば」。山家心中集・雑下・三六五、「さぬきにまうでゝ、まつ山のつと申所に院のをはしましけるあとたづねてまいりたりし、あとかたもなかりしかば」。西行物語・一九六・三句「よる舟の」。保元物語・一四。延慶本平家物語・四六。源平盛衰記・三九。

〔語釈〕 63○道かはるみゆき 鳥羽院の葬送の行列をいう。鳥羽院は保元元年（一一五六）七月二日崩御、その翌日七月三日に、御陵（安楽寿院陵）に葬送された。○限りの旅 死出の山を越える冥途に旅立つという意。西行は王の往生は詠わない。

64○松山 讃岐国北部（現、香川県坂出市）。保元元年（一一五六）、崇徳院は保元の乱に敗れてこの地に流された。院を葬った白峰陵がある。○来し船の 皇位を下りた上皇のことを「空しき船」というが、四句の「むなしく」でそれをいう。後三条上皇の譲位後の「住吉の神はあはれと思ふらん空しき舟をさして来たれば」（後拾遺集・雑四・一〇六二）が有名。○むなしく 舟が行方知れずになって消えてしまう意を重ねるが、それはまた崇徳院が配流の地にてそのまま崩御したことをあらわす。崇徳院の崩御は、長寛二年（一一六四）八月二十六日。

判詞○旧日之重事 上皇の崩御という日本の歴史に触れていることをいう。○故不加判 「持」という、いわゆる同点ではなく、判を加えないというところに注意が必要である。

〔補説〕 平安末期の動乱の原因をつくった上皇たちの崩御にまつわる歌で合わせた。宮河歌合の中でも重大な番である。定家はこのような天皇家にまつわる凶事を歌に詠みあらわすことをどう思ったであろうか。天皇の崩御にまつわる歌に判定をするというのはそもそも禁忌に近いことではないだろうか。そのような定家の恐れが簡略な判詞にもあらわれていよう。鳥羽院と崇徳院という王位をめぐって争った因縁の仲である。対立して世を乱した二人の上皇の歌をあえて合わせたところには何らかの意味を認めなければならないであろう。西行がどちらの王に好意を寄せていたかというような議論は有効ではない。西行は、聖《ひじり》として天皇家や世の重大事に積極的に関わろうとする。

以下の歌は近衛院の墓に参り、その霊を慰めるが、

近衛院の御墓に人人具してまゐりたりけるに、露の深かりければ
みがかれし玉のすみかを露ふかき野辺にうつして見るぞ悲しき（山家集・雑・七八一）

西行には二条院の供養の歌なども残っていて、このような王の霊を慰める聖《ひじり》的振る舞いについては注意が必要で

ある。

また讃岐を詣でた時のことを詠んだ歌は山家集では以下のようにある。

讃岐に詣でて、松山の津と申す所に、院おはしましけん御跡たづねけれど、かたもなかりければ

松山の波に流れて来し舟のやがて空しく成りにけるかな（雑・一三五三）

松山の波の景色はかはらじをかたなく君はなりましにけり（一三五四）

二首詠まれていて、そのうちの一首である。こちらの二首目の歌については「君はなりましにけり」と敬語を用いて詠む。ここで敬語を用いるのは、院自身の霊があたかも眼前に坐すような感を西行が受けていたことを示すのであろう。西行はこの後、白峯に登り、墓に参りて、近衛院の墓で詠んだように生前の玉座は今は空しいものだという趣旨の歌を捧げる。

白峯と申しける所に、御墓の侍りけるに、まゐりて

よしや君昔の玉のゆかとてもかからん後は何にかはせん（一三五五）

ここでは敬語を用いずに、対等の立場で上皇の霊をさとす聖《ひじり》の鎮魂の歌となっている。なお「松山の浪に流れて」の歌は『保元物語』では、崇徳院の歌として伝承されていく。

…御果報の勝劣なるによて遠国の苔の下にましします事よ。」とおもひ奉て、墨染の袖をしぼりけるに、虚空にこゑありていはく、

松山のなみにながれてこし舟のやがてむなしくなりにけるかな

西行ふしぎのおもひをなして、御返事にとおぼえて、

よしやきみむかしの玉の床とてもかからん後はなににかはせむ

とよみければ、御はか三度までゆるぎけるこそおそろしけれ。（保元物語・京図本）

中世の人はこの詠を崇徳院の御霊歌として理解していた。そしておそらくそれは必ずしも後世の人の解釈というだ

けではなく、西行は本歌を詠むときにすでに崇徳院の霊との重なりを意識し、院の無念を口にしているのではないかという意識が存在していたかと思われる。西行の口を通して語られる院の無念は、院の怨霊の鳴動を予兆させ、ほのめかし、人々を鎮魂にむかわせる。そしてその歌を一つの核として物語もつくられていくのである。

卅三番

左持

65 浮世とて月すまずなる事もあらばいかにかすべき天《あめ》のまし人

右

66 ながらへて誰かはさらにすみとげん月かくれにし憂《う》き世なりけり

左、月を思《おも》ふあまりの心に侍るめり。右、生滅無常を知《し》れる詞のつゞき、又耳にたつ所侍らねば、持と申すべし。

〔校異〕65○事もあらは—ことあらは（永）。○いかにかすへき—いか丶はすへき（中）。○あめのまし人—天下人（永）。天の下人（中）。

66○すみとけん—すみはて《とけ》ん（永）。

判詞○おもふ—おもへる（中）。

〔現代語訳〕

65 憂世だからといって月がこの世に住まず、その光も澄まないのならば、いったい天が下で暮らす人間はどうしたらいいのであろうか。

66 この世に長らえて一体誰がさらに心を澄まして住み遂げられるのか。月が隠れてしまった憂世であるのに。

判詞 左は、（ふつうの人が）月を思う以上のことを考えているようです。右は、生滅無常を知る（聖人の）詞の続きであり、また耳に立つところもありませんので、持と申すべきです。

〔他出〕 65西行法師家集・五三七・四句五句「いかがはすべき天の下人」、「（述懐の心を）」。聞書集・九一、「月前述懐」。夫木抄・五二二〇、「（家集・月歌中）」。

66ナシ

〔語釈〕 65 **○月すまずなる** 「住む」と「澄む」を掛ける。御裳濯河歌合の一番で、神宮の恩徳により月は天の下を照らすに至ったと詠んだことに対応するか。その月が失われた憂世は暗闇そのものであるとする。**○天のまし人** 人間をいう。人の数が時代がすすむにつれて天の下では増していくことをいう。西行がこの語をつかうのは、稀少価値がなく、増殖するばかりの人の世に対する嫌悪感があるか。また祝詞「安国と平らけく知ろしめさむ国中に、成り出でむ天之益人等が過ち犯しけむ雑々の罪事は…」（六月晦大祓）のことばであり、人数も多く、過ちを犯す罪多き者として人間を捉える眼がある。「天の下人」とする本があり、その場合も天の下の地上で生活する人ということになる。

66 **○すみとげん** この世にて心を澄まし続けて生き長らえること。月の光さえすでに失われたので、心を澄ますことは困難とする。「住む」に「澄む」を掛ける。藤原公任が、「ゆいまゐの十のたとへ」の一つとして「此身水の月のごとし」を詠んだ釈教歌に「水の上に宿れる夜半の月影のすみとぐべくもあらぬ我が身を」（公任集・二九〇）がある。**○月かくれにし** 末法の世を意識させる表現としていうか。憂世をすでに月の光がない暗闇の世界と捉える。

判詞 **○月を思ふあまりの心** 人々が愛でてきた月を見る眼差しとは異なる特殊な思想を月に見ているという意。**○生滅無常を知れる詞のつゞき** 生あるものは必ず滅するという無常を知っている者の詞つづきかという。西行の歌を聖者のことばとして受け取る。

【補説】王たちの死の歌の次は、月に寄せて末法の世を詠う。月は、神仏・天皇といったものたちの象徴としても提示される。世の有様を人々に知らせる西行の聖《ひじり》的なふるまいを持った歌で、天変地異の予言ともとれる不気味さを持つ。左は、暗黒の世界の到来を警告するような詠で、右は、実はもう月は失われていて、神仏のご加護は憂世では喪失しているとする。歌合も終盤に近づき、御裳濯河歌合一番右で提示した「神路山月さやかなる誓ひありて天の下をば照らすなりけり」を意識した歌を配す。末法の世になり、王たちが非業の死を遂げ、月さやかなる誓いは失われるとするモチーフに、憂世の象徴でもある貴族社会への、生滅無常を知れる聖のメッセージを読みとる必要があろう。

宮河歌合は番がすすむにつれて、救いようがない世を詠いあげるような構成になっている。歌の抱える暗さ・不吉さはこの三十三番でクライマックスをむかえ、最終の三番は恋歌が番わされている。御裳濯河歌合との構成の違いに注意すべきである。

卅四番

左

67 身を知《し》れば人のとがには思《おも》はぬにうらみ顔《がほ》にもぬるゝ袖かな

右勝

68 中〳〵になれぬ思《おも》ひのまゝならば恨みばかりや身につもらまし

左も心あるさまなれど、右、猶優《なほいう》に聞《き》こえ侍れば、勝《か》つと申すべし。

【校異】67〇人のとかには―人のとかとも（永・中）。

68ナシ

判詞ナシ

〔現代語訳〕

67 自分の身のほどを知れば、あの人の咎とは思わないのに、あの人を恨むかのように涙が流れて濡れる袖であるよ。

68 （このように、すっかり馴れてしまったが故にあなたの辛い心を知ってしまったが、）もしあなたに馴れ親しまないままの状態であれば、かえって恨みだけが身に積もるであろうに（と思うことでせめて我が身を慰めよう）。

判詞 左も、作者の思いが深く表現された歌の姿ですが、右はやはり優美に聞こえますので、勝ちと申すべきでしょう。

〔他出〕 67 新古今集・恋三・一二三一・二句「人のとがとは」。山家集・六八〇、「（恋）」。西行法師家集・三三四・二句「人のとがとは」、「（恋）」。山家心中集・恋・一〇一・二句「人のとがとも」。西行物語・一二九。68 山家集・六六五、「（恋）」。西行法師家集・三三四・二句「あはぬ思ひの」、「（恋）」。山家心中集・恋・八八・二句「あはぬ思ひの」。

〔語釈〕 67 **○身を知れば** 自分を卑下する表現。**○人のとがには** 恋愛の結果についての相手の責任・罪をいう。「人のとがとは」「人のとがとも」と本文の揺れが多い。**○うらみ顔** 「…顔」は、…の様子に見える意をいう。主体の心の持ちようから、涙に濡れしおれた袖が、相手を恨んでいるように見えるのである。

68 **○なれぬ思ひ** 「なれぬ」は「馴れぬ」で、逢瀬を重ねて馴れ親しむことがない状態での思いをいう。**○中〱に** 下句に掛かる。いっそのこと。かえって。今や相手からは飽きられた辛い状態であるが、慣れ親しむ以前の状態であれば、かえって今よりも恨みばかりが募っていったに違いないという。

〔補説〕 恨みの恋の歌を合わせる。左は、身分差がある高貴な人への恋愛を思わせる。ものの数に入らない身で、かなわぬ恋愛を嘆くのは西行歌に特徴的なモチーフ。久保田注（全評釈）は左歌について「西行の実人生と重ねて考えたくなる歌である。しかし、その際にはかなり慎重でなければならない」とするが、問題はどうして西行がこのようなな自分を演じて見せたかったのか、ということであろう。右は、今の辛さを少しでも慰めるために、馴れ親しむことがない時の状態をあえて推測して、恋慕の情ではなく、恨みだけが募っていたであろうという。西行らしい屈折した感情表現が効いている。

卅五番

左持

69 あはれとてとふ人のなどなかるらむ物思《おも》ふ宿の荻の上風

右

70 思ひ知《し》る人あり明の世なりせばつきせず身をばうらみざらまし

左歌、まことによろしくはみえ侍るを、右の、人あり明の世なりせばつきせず身をばなどいへるや、猶劣《おと》ると申しがたからむ。

〔校異〕 69ナシ

70○歌頭右上に「新古」あり（永）。

判詞○左歌―左（中）。○まことに―□《寔》に（中）。○つきせす身をはな―ナシ（永）。○申しかたからむ―申しかたくや（永）。

〔現代語訳〕

69せめて（そんなに心乱れて）可哀想にね、と言って、訪ねてくれる人がなぜいないのだろうか。物思う（私が居る）宿では荻の葉末に風が吹き付けている。

70もし、わたしの思いを知っている人がいる世であるのならば、このように尽きることなく、有明の月が出るまで、わが身を夜通し恨んだりはしないのに。

判詞　左の歌はまことによろしく見えますが、右の「人あり明の世なりせばつきせず身をば」などというのは、やはり劣っているとは申しがたいのではないでしょうか。

〔他出〕69新古今集・恋四・一三〇七。山家集・七〇五、「（恋）」。西行法師家集・三四八、「（恋）」。山家心中集・恋・九二。西行物語・一四七。定家八代抄・恋四・一二七三。

70新古今集・恋二・一一四八・四句「つきせぬ身をば」。山家集・六五二、「（月）」。西行法師家集・三四九、「（恋）」。山家心中集・恋・七八。西行物語・一七六・四句「つきせず物は」。定家八代抄・恋一・八七〇。

〔語釈〕69〇あはれとてとふ人　傷心の自分のことを憐れんで慰めるために訪ねてきてくれる人。山家集の「あはれてふ情に恋のなぐさまば問ふことのはやうれしからまし」（恋・六九八）は恋の物思いを気遣ってくれる知人・友人を詠む。〇物思ふ宿　古今集以来のクラシカルなフレーズ。恋に悩む人物の住処。「なきわたる雁の涙や落ちつらむもの思ふ宿の萩の上の露」（古今集・秋上・二二一・よみ人知らず）。〇荻の上風　秋風が荻の葉末をしきりに吹き付けるさまをいう。微細な音ではあるが、もの思いをする主体の心を切なく揺さぶるものとして詠まれる。「いとどしく物思ふ宿の荻の葉に秋と告げつる風のわびしさ」（後撰集・秋上・よみ人知らず・二二〇）。

70〇思ひ知る人　左の「あはれとて問ふ人」に対応する。自分の物思いの心を理解して気遣い、憐れんでくれる人。「たぐひなくうき身なりけりおもひ知る人だにあらばとひこそはせめ」（後拾遺集・恋四・八〇〇・和泉式部）。なお「世を背く人人あまた侍りけるころ」に詠んだ公任の歌「おもひしる人もありける世の中をいつをいつとてすぐすなるらん」（後拾遺集・雑三・一〇三二）の上句の影響は考えない。〇あり明　「あり」に、人が「有り」を掛ける。

○世　「夜」を掛ける。**○つきせず**　「つき」に、有明の「月」を掛ける。「さらしなやをばすて山の有明のつきずも物を思ふころかな」（新古今集・恋四・一二五七・伊勢）などの用例が知られる。

〔補説〕　風と月に寄せる恋歌で合わせる。右は、山家集の月に寄せる恋の歌群の最後に置かれた作品。左右の「あはれとてとふ人」「思ひ知る人」とはどのような人を想定すればよいのであろうか。自分の切実な恋の気持ちを理解してくれる人であるのか、恋しい相手その人なのか。ここでは前者の意にとったが、単に女人を主体として詠じた「待恋」の歌とは異なり、そこに西行自身の面影をイメージさせるような歌のつくりになっていることに注意が必要であろう。

卅六番

左持

71　逢《あ》ふと見《み》しその夜の夢の覚めであれな長《なが》きねぶりは憂《う》かるべけれど

右

72　あはれ〳〵此の世はよしやさもあらばあれ来《こ》ん世《よ》もかくや苦《くる》しかるべき

両首歌、心ともに深《ふか》く、詞およびがたきさまには見《み》え侍るを、右の此の世とおき、来《こ》ん世といへる、ひとへに風情をさきとして、こと葉をいたはらずみえ侍れど、かやうの難は此の歌合にとりて、すべてあるまじき事に侍れば、なずらへて又持とや申すべからん。

〔校異〕　71○歌頭右上に「千」あり（永）。

72ナシ

判詞○両首歌―両首の歌（永・中）。○さまには―さまに（永）。○右の此世と―右此世と（中）。○いたはらす―いたはらすは（永・中）。○とりて―とりては（永・中）。

〔現代語訳〕

71 あの人との逢瀬を見た、その夜の夢は永遠に覚めないで欲しい。（覚めることのない、愛欲に溺れた）無明長夜の眠りは憂いものだろうけれども。

72 愛しい、愛しいことよ。この世はもうどうにでもなればよい。そして来世でも、私は、このように愛欲の世界に溺れて、苦しみ続けるのであろうか。

判詞 両首の歌、心がともに深く、詞も及びがたきさまに見えますが、右の「この世」と置き、「来む世」というのは、ひたすら趣向を第一にして、詞を大切にしないように見えますが、このような非難はこの歌合にとっては、すべてあるべきことではありませんので、同等と見なして、また持と申すべきでしょうか。

〔他出〕 71千載集・恋四・八七六。山家集・一三五〇、「（恋百十首）」。西行法師家集・三五〇、「（恋）」。山家心中集・恋・一〇七。

72山家集・七一〇、「（恋）」。西行法師家集・三五一、「（恋）」。山家心中集・恋・一〇八。

〔語釈〕 71○長きねぶり 仏教語「無明長夜」を歌語化したもの。あえてこの語を用いるのはこの歌が仏者の歌であることを示すためである。煩悩にとらわれて、仏道の世界に目覚めない状態を、暗闇で明けることのない夜に譬える。また、この夜は、男女の性愛の時間帯であり、仏者としては忌み嫌わなければいけないが、ここでは恋愛が仏法を凌駕する世が描かれる。「おどろかんと思ふ心のあらばやは長きねぶりの夢も覚むべき」（山家集・八四五、「（無常の歌あまたよみける中に）」）。

72○あはれ〳〵 感動詞「あはれ」の強調で、「ああ」と訳すのが適当であるが、ここでは、愛しさに苦しむ声として、「あはれなりあはれなり」と考えて訳してみた。和泉式部集に、「しのぶべき人もなき身はある時にあはれあはれといひやおかまし」（一五二、「世間はかなき事を聞きて」）とあるのが比較的早く、西行も、「いつか我この世の空をへだたらんあはれあはれと月を思ひて」（山家集・一四一三）、「かき乱る心やすめぬことぐさはあはれあはれと歎くばかりか」（山家集・恋・六七九）などと詠んでいる。**〇来む世もかくや苦しかるべき**　現世での愛欲の業により後世でも愛欲の世界に耽溺することをいう。「苦し」は、仏者としての愛欲の世界から逃れられない苦しみをいうが、恋そのものの苦しさをもいう。詠作主体はたとえ苦しくても恋に耽溺する方を熱烈に求める。「この世にて君をみるめのかたからば来ん世の海人となりてかづかん」（古今六帖・雑思・こむよ・三一三〇）。

判詞**〇こと葉をいたはらず**　初句と三句が字余りというだけでなく、「あはれ」の強調、「此の世」と「来む世」、「よしや」と「かくや」、「あらば」と「あれ」といった同じようなことばの繰り返しなど、歌としてみた場合にあまりにも破調であることを問題にする。このような心のさけびを詞にしたような荒々しいことばの羅列に対する定家の見解が示されている。

〔補説〕　左の、無明長夜と理解していても心が恋愛の世界に溺れていく人物には、まさに遁世者そのものが想定されていよう。このようなモチーフは山家集の本歌の前に置かれた二首にも見て取れる。

　とにかくに厭はまほしき世なれども君が住むにもひかれぬるかな（山家集・一三四八）

　何事につけてか世をば厭はまし憂かりし人ぞ今日はうれしき（山家集・一三四九）

特殊なテーマが想定される恋百十首の作品であるが、女人故の俗世への執着から女人故の遁世へとテーマが移り、本歌になっている。一三四九番までであれば、女人への恋慕が発心につながるという「女人故の発心譚」を和歌で描いた作品とも言えそうであるが、最後の「長きねぶり」の歌で大胆にそれを覆してみせる。このような歌は、右歌とともに、『とはずがたり』の仁和寺の高僧でありながら、二条に心奪われ壮絶な生き方を通した「有明の月」の振る舞いに通じるものがある。右も左のように仏法の思想を気にする歌であるところから僧侶の恋愛の歌として読んでもさしつかえないであろう。やはり、その言葉遣いの荒々しさとともに、非常におぞましい要素を持つ歌と言える。仏者を絡め取る恋愛の深い業をテーマとする歌を、この歌合の性質を規定する最終番にもってくる意図をどう読み取ればよいのであろうか。日月と桜の起源を語る神話からはじまる、「この世」の物語は、人の営みや神々が創造にかかわった自然物を愛でつつ、宮河歌合の終盤にかけて次第に暗さを強めていき、ついに「来世」の堕地獄を恐れる恋の歌で幕を閉じている。

〔跋文〕

〔Ⅰ〕神風宮河の歌合、勝《か》ち負《ま》け記《しる》しつくべき由《よし》侍りし事は、玉櫛笥《くしげ》二年《ふたとせ》あまりにもなりぬれど、かくれては道をまもる神の深《ふか》くみそなはさんことをおそれ、あらはれては家に伝《つた》はる言《こと》の葉にあさき色見えん事をつゝむのみにあらず、わづかに、三十文字《みそもじ》あまりをつらぬれど、いまだ六《む》つの姿《すがた》の趣《をもむき》をだに知《し》らず。おのづから難波津《なにはづ》のあとをならへど、さらに出雲《いづも》八雲の行方《ゆくへ》くらくのみ侍るうへに、もろこしの昔《むかし》の時だに、いく百年《もゝとせ》のうちとかや、詞人才子の文躰三度《たび》あらたまりにければ、まして大和《やまと》こと葉の定《さだ》まれるところなき心姿《すがた》、いづれをあしよしといひ、いかなるを深《ふか》し浅《あさ》しと思《おお》ひはかるべしとは、誰《たれ》にしたがひ何《なに》をまことゝ知《し》るべきにもあらず。時によりところにつけて、好《この》み詠《よ》み、ほめそしるならひにぞあるべき。

〔Ⅱ〕しかるを、此の歌合はわざとしづみ思ひて合《あ》はせつがはれたるにもあらず。只おほくの年頃《としごろ》つもれる言《こと》の葉を拾《ひろ》ひて、ならびぬべきふし〴〵、かよへる所〴〵を思《おも》ひ合《あ》はせつゝ、左右にたてられて侍れば、事《こと》の心幽《かす》かに歌の姿高《すがたたか》くして、空よりもおよびがたく、雲よりもはかりがたし。積《つも》るあはれは深《ふか》けれど、雪まの草の短《みじか》きこと葉みだれて、書《か》きあらはさん方《かた》もなく、思ふ節《ふし》しげゝれど、波路《なみぢ》の葦《あし》のうきたる心のみたゞよひて、うちいづべきことも思《おも》ふ給《たま》へられねば、春の荒《あら》田の返す〴〵思《おも》ひやみぬべくのみなり侍りぬれど、聖《ひじり》の契《ちぎ》りをあふぎたてまつる事も此の世ひとつのあだのよしびにもあらず、佛の道に悟《さと》り開《ひら》けん朝《あした》はまづひるがへす縁と結《むす》びおかんと思《おも》ふ。

〔Ⅲ〕又は高《たか》き賤《いや》しきそこらの道《みち》を好《この》む輩《ともがら》をおきて、齢《よはひ》いまだ三十路《みそぢ》におよばず、位《くらゐ》なほ五《いつ》ゝの品《しな》にしづみて、御蓋《みかさ》山の雲の外に、ひとり拾遺の名を恥《は》ぢ、九重の月のもとに、久《ひさ》しく陸沈の憂《うれ》へにくだけたる、浅茅《あさぢ》の末、葎《むぐら》のしたの塵《ちり》の身をたづねて、浦の浜木綿《はまゆふ》かさなれるあと、正木《まさき》の葛《かづら》たえぬ道《みち》ばかりをあはれびて、鈴鹿《すゞか》の関のふりはへ、八十瀬《やそせ》の波《なみ》のたちかへりつゝ、思《おも》ふゆゑあり。なほかならず勤《つと》めおけと侍りしかば、宮川の清《きよ》きながれに契《ちぎ》りを結《むす》ばゞ、位《くらゐ》山のとゞこほる道までもその御しるべや侍るとて、今聞《いまき》ゝ、後見《のちみ》ん人のあざけりをも知《し》らず、昔《むかし》をあふぎふるきを偲《しの》ぶ心ひとつにまかせて書《か》きつけ侍りぬるになむ。

〔Ⅳ〕

君《きみ》はまづうき世の夢《ゆめ》をさめぬとも思《おも》ひあはせむ後《のち》の春秋《はるあき》

返し

春秋を君思《おも》ひいでば我は又花と月とにながめおこせん

【校異】〔Ⅰ〕○かちまけ―勝負を（中）。○なりぬれと―なりぬれは《と》（永）。○道―底本「宮」を永青文庫本・中大本により改める。○つたはる―つたはらん（永）。○ことの葉―こと葉（中）。○あさき色見えん―あさき色を見えん

（永・中）。○ならへと―ならへとも（永）。○時たに―時たにも（永）。○詞人才子の―詩人才子（永）。詩人才士（中）。○やまとこと葉―やまとことの葉（中）。○さたまれるところなき心―さたまれる心《所なき》。○あしよしと―よしあしと（中）。○したかひ―したかひて（中）。○ならひにそ―ならひにてそ（永）。

（Ⅱ）○ことの葉をひろい―言葉をひろひ（永）。○およひかたく―はかりかたく《し》（永）。○ふし―ふしは（永）。○うちいつへきことも―うちいつへくも（中）。○おもふたまへられねは―おもふ給へられぬれは（永）。思給へらねは（中）。○あら田の―「の」ナシ（中）。○やみぬへくのみ―やみぬへく（永）。○なり侍ぬれと―成ぬれと（中）。○あたのよしひ―あたのようい（永）。○縁と―縁を（中）。○むすひをかんとおもふ―むすひをかんためにと思ひ（永）。

（Ⅲ）○そこらの―底本「の」ナシ。中大本にて補う。永青文庫本「の」ナシ。○道を―「を」ナシ（中）。○みかさ山の―みかさの山の（中）。○もとに―本に《下》（永）。○あはれひて―あはれみて（中）。○たちかへりつ、―立かへりて（永）。○宮川の―改行せず（永・中）。○と、こほる道―底本欠字。永青文庫本・中大本にて補う。○その御しるへ―この文以下ナシ（中）。

（Ⅳ）定家歌〔校異〕ゆめを―夢の（中）。

西行返歌〔校異〕○底本ナシ。中大本によって補う。なお永青文庫本は「花と月とに」を「月と花とを」とする。

〔現代語訳〕

〔Ⅰ〕神風の吹く宮河の名を負う歌合に、勝ち負けを記し付けるべき由、（上人様より）依頼されましたことは、もう二年あまり前になってしまいましたけれど、人に知られないところでは歌の道を護る神々の深く（私の判詞を）ご覧になることを恐れ、世間的には家に伝わります和歌や歌学に対する私の浅い見識が露見してしまうことを隠したいだけではなく、（私も）わずかながら三十あまりの文字を連ねて和歌をつくってはいますけれど、いまだに和歌の六義の趣さえ知りません。いつのまにか歌学について学んでもいますが、全く和歌の歴史について暗愚なだけであるのに加えまして、唐土の昔でさえも幾百年のうちでしょうか、優れた漢詩人たちの文体も三度改まりましたので、ましてや大和ことばの定まることがない心と姿について、どれを悪い良いと判断して、どのようなものを深い浅いと推し量ればよいのかは、誰かの判断にしたがって何が真なのかは知ることはできないのです。時と場によって好んで詠んだ和歌について、褒めたり貶したりしてきたのが習慣でありましょう。

〔II〕そうであるところを、この歌合は強いて（上人様が）沈思して合わせ結ばれたものでもありません。ただ多くの、長年詠まれた歌を集めて、配列すべき数々の要素や共通する様々の点を考慮にいれて、左右に配されていますので、歌合の趣旨が深奥で、歌の格調が高く、空の遥かさより及びがたく、（そこに漂う）雲よりもどのようなものか判断ができないのです。心につのる感動は深いのですが、雪間からわずかに顔を出す春の草のように短く未熟な（私の判詞の）ことばは混乱して書き表す方法もなく、（歌合を見て）感じるところはたくさんありますが、波路の葦のように浮遊する心だけが漂って、書き記すべき方法も思いつきませんので、春の荒田を返し返しするように何度もやめてしまおうとのみ思うようになりましたが、聖《ひじり》との契りを尊び敬うことも、この世だけの空しい縁でもなく、（上人様が）仏道において悟り開くであろうその朝には、（いまは歌合に判詞をすることで心がひどく迷っていますが、この歌合に判詞を施したことが）真っ先に翻って（仏との契りになる）縁を結んでおこうと思います。

〔III〕または貴賤の和歌を好む（多くの）人たちを差し置いて、年齢がいまだ三十にも達せず、位は五位に留まり、御蓋山の雲の外にいるように近衛府の官からも外れ、一人侍従の名を恥じて、宮廷において久しく出世できない憂えに心が疲弊していて、浅茅の（弱々しい）末葉のような、また葎の下の（物の数ではない）塵のような私の身を尋ねてくださって、浦の浜木綿のように重なる歌の家の跡を継ぐものとして、正木の葛のように絶えない和歌の道だけを憐れんでくださって、鈴鹿の関の鈴を振り延えるようにことさら、八十瀬の浪のように何度も繰り返し、「しかるべき理由がある。やはり必ず判詞のことは成し遂げよ」とありましたので、宮川の清き流れに、〔判を記すことにより〕契りを結べば、官位が停滞している私の経歴までも神宮のお導きがあるのではないかと思いまして、今から将来にわたり〔私の判詞ことを〕見聞きする人の嘲りをも顧みずに、昔を仰ぎ、古きを偲ぶ心一つにまかせて、〔判詞を〕書き付けることになったのでした。

〔Ⅳ〕〔定家歌〕あなたが、今後、憂き世の夢が覚めてしまって〔悟りを得たとしても〕、〔それはそれとして、あなたのことだから〕あちらの世界でも春と秋になれば思いを得て、〔歌を詠んで〕歌合をつくることでしょうね。〔西行歌〕春と秋を合わせたこの歌合のことをあなたが思い出すことがあるのならば、私はまた花と月を詠じてあなたに詠草をお送りつけますよ。

〔語釈〕〔Ⅰ〕**○神風宮河**　「神風」を宮河にかかる枕詞のように用いた。この詞続きは前例がなく、定家が跋文冒頭を飾るためにつくった。**○玉櫛笥**　「蓋」にかかる枕詞。ここでは「ふたとせ」を導き出す。中世における枕詞の用い方は和歌の実作よりも序文などに頻繁に組み込んで、文章に格式を持たせる役割をすることが多い。**○かくれては**　奉納という性質から神仏の眼を恐れるという中世独特の考え方。**○道をまもる神**　歌の道を護る神で、住吉社や玉津島社を意識するか。俊成は、「住吉の明神よりはじめたてまつりて、照しみそなはすらんこと、そのそれいくそばくぞや」〔御裳濯河歌合序文〕と記している。**○あらはれては**　世間的には。一般の人の眼にまだ未熟な判詞が曝されることを恐れる。「かくれては」に対応する。**○家に伝はる言の葉**　御子左家に伝わる和歌を評することばや価値観のことをいうか。**○六つの姿**　古今集仮名序に「そもそも歌のさま六つなり」という箇所を踏まえる。**○難波津のあとをならへど**　古くから伝わる和歌の道を学んだことをいう。古今集仮名序に引用される、古代から伝わる「難波津に咲くやこの花冬ごもり今は春べと咲くやこの花」の歌を踏まえての表現。俊成も御裳濯河歌合序文で「難波津の歌は人の心をやるなかだちと成りにければ、是を読まざる人はなかるべし」としてその冒頭に引用する。**○出雲八雲の行方**　和歌の歴史をいう。スサノオの命が詠んだ「八雲たつ出雲八重垣妻ごめに八重垣つくるその八重垣を」の歌が古今集仮名序では人の世のはじめの歌とされることから、それを踏まえての表現。**○詞**

人才子　文才の優れたもののことを言う。沈約『宋書』巻六七「謝霊運伝」に「自レ漢至レ魏、四百餘年、辞人才子、文体三変」とある。『文選』巻五〇「宋書謝霊運伝」にも採録されている。

〈II〉**○雪まの草**　「短き」の枕詞。**○波路の葦**　「浮き」の枕詞。**○春の荒田**　「返す返す」の序詞。**○聖の契り**　歌合に判詞を付すことが、聖《ひじり》との縁を結ぶことになるのでこういう。西行を「聖《ひじり》」と認識している。**○此の世ひとつのあだのよしび…**　西行は聖《ひじり》なので判詞を付すことが後世にかけて縁になるとの意。「よしび」はきずなや縁の意。狂言綺語にかかわる行為であるが、西行が悟りを開けばそれが翻って仏縁になるという意識が籠められる。
○仏の道に悟り開けん朝…　主語は西行。西行が悟りを開いた時は、判詞を付したことが縁となって、自分の功徳になることをいう。西行は、山家心中集（伝冷泉為相筆本）の末尾にて「するゑにみ給はむ人、むなしきこと葉をひるがへして、りう花のあか月さとりひらけむちぎりになしたまふべし。みやぎがうたかとよ、あそびたはぶれまでもと申たることのはべるはいとかしこし」と述べていて、自身の歌に触れることが悟りへの契りとなるのだと説いていたことがわかる。

〈III〉**○齢いまだ三十路におよばず…**　文治五年（一一八九）、定家の年齢は、二十八歳で、位は正五位下。**○御蓋山**　奈良、春日社の背後にある歌枕で、和歌において近衛府の大将・中将・少将の異名として詠まれることがあり、ここでもその例。なおこの年の十一月十三日に定家は左近衛少将に任官する。**○拾遺**　侍従の唐名。従五位下相当官。
○陸沈の憂へ　官位の昇進において不遇であることをいう。**○浦の浜木綿**　「重なれる」を導く序詞。**○正木の葛**　「絶えぬ」を導く序詞。**○鈴鹿の関**　伊勢国の歌枕。古来から交通の要衝で関があった。「鈴」の縁語「ふる」から「ふりはへ」を導く序詞。「ふりはへ」は、「振り延へ」で、ことさらするという意。**○八十瀬の波**　伊勢国の歌枕。鈴鹿川の異名。「たちかへり」を導く序詞。「鈴鹿の関」とともに伊勢国にゆかりのある歌枕を用いる。**○宮河**　ここで改行して文頭を宮河からはじめている。冒頭では枕詞「神風」を用いたように定家は「宮河」という名称については特別な配慮をしている。**○位山**　飛騨国北部の歌枕だが、ただ位のことととして使用される。

〔Ⅳ〕ナシ

〔補説〕 俊成の御裳濯河歌合序文ではその老齢を理由に判詞を付すことの困難さを記すが、定家は、若さゆえの未熟さを判詞が遅滞する理由にあげている。また俊成は、「二世の契り」といい、宗教上のつながりも演出するが、主に西行との昔年の友情を理由に判詞を書くことを承諾したとしている。一方、定家は、「聖の契りをあふぎたてまつる事も此の世ひとつのあだのよしびにもあらず。佛の道に悟り開けん朝はまづひるがへす縁と結びおかんと思ふ」と、西行を往生人となるであろう聖《ひじり》として特別視する態度が顕著にあらわれていて、そのような聖《ひじり》との結縁のための判詞なのだと考える。また伊勢神宮に対しては、官位の昇進を期する祈念に満ちており、当時の定家が神祇に対して何を期待していたのかがわかる。奉納歌合は、判詞を付すという行為にも慎重な対応が求められた。

また、最後に付随される定家と西行の贈答歌であるが、定家歌は、あの世でも春と秋になったら、きっとあなたは歌を詠んでしまうだろうと考えるその西行観が面白い。西行はそれに対して、それならば、あの世からまた春と秋の歌を合わせた歌合を送ってあなたを困らせてやろうと洒落た歌を送り返している。

定家と西行のこの贈答歌については、慈円の拾玉集にその経緯が記載されている。

円位上人宮川歌合、定家侍従判して、おくに歌よみたりけるを、上人和歌起請の後なれど、これは伊勢御かみの御事思ひ企てし事のひとつなごりにあらむを、非可黙止とてかへししたりければ、その文をつたへつかはしたりし返事に定家申したりし

A八雲たつ神代ひさしくへだたれど猶わがみちはたえせざりけり（五一五〇）

たちかへり返しに申しやる

Bしられにきいすずがはらに玉しきてたえせぬみちをみがくべしとは（五一五一）

その判の奥書に、ひさしく拾遺にて年へぬるうらみなどをほのめかしたりしに、其後三十日にだにもたらずやありけむに程なく少将になりたれば、ひとへに御神のめぐみと思ひけり、上人も判を見て、このめぐ

みにかならずおもふ事かなふべしなどかたりしに、ことばもあらはになりにけり、上人願念叶神慮かとおぼゆる事おほかる中に、これもあらたにこそ

傍線部の中の「おくに歌よみたりける」にあたる定家の歌が「君はまづ」であり、西行はその歌を見て、「和歌起請の後」（西行は、神に対して和歌を詠むのを断つことを起請していた）ではあるが、神宮歌合の名残りとして、和歌起請を解いて、定家に返歌を送る。そして点線部にあるように定家が、判詞を付した直後に少将に昇進したことを神宮の恵みとして捉え、「上人願念叶神慮かとおぼゆる事おほかる中に、これもあらたにこそ」と西行の神祇にまつわる霊験譚の多さについても触れられて慈円の記述は終わる。

この記述において重要なことは、宮河歌合の判詞作業後に交わされた贈答歌の後に定家と慈円の間でなされるA、Bの歌であろう。ここでは神宮の歌合に判を付したことによって、遙か古代から続く和歌の道を定家の御子左家が継続したことが和歌によって示されている。御子左家と歌道との関わりが神宮のもとではっきりと確認される。西行によって演出された、伊勢神宮こそが〈和歌〉の歴史や始原に関わり持つお宮だという思想があり、そしてそこに御子左家という歌道家が関与していくのだという姿勢が打ち出されていることが改めて確認、主張される。ここに伊勢神宮と中世和歌の結縁は為されたのであった。

なお底本を含めて最も古態を留めるとされる本には、西行の「春秋を」の返歌は記されていない。このような経緯を踏まえての西行擬歌といった可能性を残すが、そこまでは考えない。

解説

一、御裳濯河歌合・宮河歌合の魅力

神々の世界を文芸化する

日本の神々をめぐる文学・文化・アートといった分野は、中世期に開花し、また近年、アニメカルチャーといった媒介を通して急速に注目され、日本という枠を越えて世界的な注目の中で複雑多彩で豊饒な世界観を展開している。西行が見聞し、観想した神仏をめぐる幻想世界は、そのような日本独特の癖のある神々の文芸アート作品の中でも、中世期を代表する屈指の名作である。西行はその晩年にあたって、己の詩作・詩想の力の結集である一四四の作品群を、アマテラスを中心とする日本の神観念の核である伊勢神宮という宗教組織の体系に組み入れようと画策した。老いた流離いの詩人は、自身の作品を最終的に日本の神祇の中に位置付けて眺めてみようとしたのである。

特徴的なことは、その作者名である。作者については「山家客人」「野径亭主」「三輪山老翁」「玉津島海人」と神仙的な人物から海や山の土着神を思わせる翁といったものたちが次々と登場して、それぞれが自身の詠歌として歌合という競技・遊戯をするという演出が施されており、読み手を神々の幻想世界へ導くイメージ作りは自在である。両歌合冒頭部に見られる神話的詩想によって支えられた月や桜の創始にまつわる歌や、水の滴りや風の働きによって生成されていく神といった詩想はあまりにも壮大である。西行がこれまで詠み継いできた桜の詩作なども、神祇の型にはめ込まれることによって、神々に祝福される日本の風土や自然物として改めて鮮やかに蘇って生彩を放っている。また大神宮に大日如来の垂迹をイメージさせるなど、霊的な事物を重層性をもった表現で現出させることも意識されており、単一な観念に収まりきれない日本の神観念の伝統的な表現法はここにも見出されるのである。

神祇歌といった分野は西行以前の和歌史の中にあったし、歌謡という短詩系文学の世界では巫女や白拍子・遊女といった女人層が芸能として神歌などを神仏に奉じていた。しかしながら対象を伊勢に定めてのこのような大がかりな試みは、やはり特異であり、神宮と和歌を結びつけて、後世の日本における「神」をめぐる文芸世界という型を確立していく大きな縁《えにし》をつくったことには意味があり、近年に至る長い日本の神観念をめぐる創作の中でも特に評価していいものであろう。

世のはじまりを想う

前に述べたように両宮歌合は山家客人・野径亭主・玉津島海人・三輪山老翁の四者に扮して歌を再構成するという神事演出が施されている。それに対応するかのように両宮歌合の巻頭番の歌は、あたかも神詠のような風体をもった不可思議な歌になっている。御裳濯河歌合の作者名「山家客人」「野径亭主」は山野の隠者イメージ（ここではとりあえず神仙・古仙としての名称と考えてみたい）が強い名称である。

一番左持　　山家客人

岩戸あけし天つみことのそのかみに桜をたれか植ゑはじめけむ（一）

右　　野径亭主

神路山月さやかなるちかひありて天の下をば照らすなりけり（二）

それが宮河歌合の「三輪山老翁」「玉津島海人」となると、その名称はこの歌合のねらいをより明確に示してきたように思える。

一番左持　　　　　　　　　　　　　　　　　　　玉津島海人

万代を山田のはらのあや杉に風しきたてゝ声よばふなり（一）

右　　　　　　　　　　　　　　　　　　　　三輪山老翁

流れ出でゝみ跡たれますみづがきは宮川よりやわたらひの注連（二）

老翁が神の化身（あるいは神そのもの）として現れるのはよく知られる。特にこの場合は「三輪山」という国津神系の古くからの神域を冠していることからも、そのような神の詠として歌を構成しているものと思われる。また「玉津島海人」の「海人」は玉津島の女神である衣通姫を想起しそうであるが、ここも石山寺の縁起絵に登場するような、地主神としての釣りする翁のイメージで捉えた方がよい。そして、歌の詳細は注釈の部に譲るが、これらの歌は、月や桜の起源伝承を説き、神杉にしきり立つ原始の風の音に万代を祝す声を聞き、流れ始めた水に鎮座した神の由来を言祝ぐという神聖な物語を詠っており、人の歌とは異なる姿（つまり神詠）に仕立ててあるように思えるのである。

御裳濯河歌合一番が、月が世を照らし始め、天の岩戸の開きに桜が咲くという、神祇世界のはじまりのイメージで詠まれるのに対して、宮河歌合の結番は、闇の末世から来世を意識させる仏法の時間軸で終えている。

卅六番　左持

逢ふと見しその夜の夢の覚めであれな長きねぶりは憂かるべけれど（七一）

右

あはれ〳〵此の世はよしやさもあらばあれ来む世もかくや苦しかるべき（七二）

現世の無明長夜を憂しとしながらも性愛の夢が覚めないことを祈請する左歌と、この世からさらに来世へと続く恋愛の情念の凄まじさに身悶えする右歌は、決して救われることがない人の妄執と罪業を捉えており、末世の闇世を見据えている。世のはじまりを説き、花鳥風月や恋愛、仏法、王法をうたい、最後の歌で「来世」を暗示する構成は、人の世の歴史の物語性を帯びていると言える。それにしても神宮や御代への予祝の極みを尽くして歌合を閉じるのでなく、性愛・情愛に飲み込まれる外道聖《ひじり》としての自身を演出する凄惨なの歌で作品の幕を閉じるという構成は謎を残す。

中世という時代において和歌は、神宮や日本の神々との関係を改めて結び直す必要に迫られていた。西行は聖《ひじり》歌人としてのその役割に自覚的であった。特に遊行や修行といった諸国巡礼の過程において神霊や精霊の籠もり宿る聖なる自然物を体験することによって日本の風土と神祇との関連性への意識を深めていたことであろう。歌人や和歌の役割が、世の風土や習俗、花鳥風月や自然物の本質・属性を見つめ、それを〈やまとことば〉であらわして提示する行為だとしたら、中世のような神仏を強く意識する時代にあって、伊勢の中世神話からうかがわれるように、自然物や風土の創造者としてもイメージされたであろう大神宮に直接関わることは、西行としては必然的行為であったのかもしれない。以下の伊勢をめぐる中世の神道説[1]をただちに西行歌に適応すること[2]については慎重であるべきであるが、このような日月や山河、杉松といった事物が神宮より派生していくダイナミックな天地創造のモチーフを包摂する神話の源泉は①から④の歌を見る時、すでに西行自身の中に強く意識されていたに違いない。

『三角柏伝記』(『真福寺本善本叢刊』による)

神是天然不動之理、即法性身也。故以㆓虚空神㆒、為㆓実相㆒。名㆓大元尊神㆒。所現曰㆓照皇天㆒。故為㆑日為㆑月、永懸而不㆑落。為㆑神為㆑皇。常以而不㆑変矣。為㆓衆生業㆒、起㆓樹于宝基須弥磐境㆒、而照㆓三界㆒、利㆓万品㆒。故曰㆓遍照尊一。亦曰二大日霊尊一矣。豊葦原中津国降居、点二其名一、談二其形一、名二天照坐二所皇大神一。

『太神宮秘法』（『大神神社史料』による）

観想セヨ、大海ノ中ニ有リ二バン字一、成二一滴水ト一、水変ジテ成二大日本国ト一。其中ニ有二カン字一、成二神地山ト一。松杉交ヘレ枝ヲ、河水引キレ流ヲ、殿舎御門差差並レ甍ヲ、瑞籬玉牆重重繞レ基ヲ。其下磐根ノ上ニ有二ア字一、変ジテ成二宝宮殿ト一。大宮ノ柱ラ広敷立テ、高天カ原ニ千木高知ヨリ、……成二八葉ノ蓮華ト一、上ニ有二ア字一、変ジテ成二日輪ト一。光明赫奕トシテ内外照徹セリ。是レ則チ大日霊女貴御座也。……又傍ラニ有二バン字一、変ジテ成二月輪ト一。是則豊受太神宮ノ御座也。……

『三角柏伝記』は、日と月が永遠に落ちずに世を照らし、豊葦原中津国においては、天照坐二所皇大神（内宮と外宮）として現れたことを説き、『太神宮秘法』は、大海の中のバン字が一滴の水となり、それが大日本国となり、カン字が神路山となり、松と杉は枝を交えて成長し、河の流れが生まれ、伊勢の宮殿といった神聖な事物が次々と生成され、また太陽や月が世に出現していく過程を観想する法を説いている。このような月、太陽、水、風、松、杉、桜といった日本の風土を形づくる事物は神宮から生まれて日本全土に広がっていったという観念が西行の中に存在していたとしたら、西行にとっては、日本の風土を詠む作歌行為そのものが、その創造に関わった神宮や神々との結縁行為そのものなのであろう。そういう意味においては両宮歌合の作品すべてが神宮と結縁するための神祇歌なのである。

熊野権現から大神宮へ

最後に西行が神宮へ和歌を奉納しようと企画するプロセスについて少しだけ述べておきたい。以下に『野守鏡』

をあげる。ここで西行は、和歌を詠む神仏や権化の上人らの系譜に位置づけられ、熊野権現の導きにより和歌を詠みながら、ついに往生したことが記される。

……あらたなる佛神、かしこき権化、いづれか歌をよみ給はざりし。そのとがあらば、か、らむやとこそおぼえ侍れ。思へばちかき比の事なるうへ、新古今にしるされて侍れば、人皆知りたることにて侍るぞかし。百首の歌をすすめける念仏のつとめにさしあひて、西行よまざりければ、何事もおとろへゆく世のすゑまでも、歌ばかりこそかはらぬ情にてあるよしをなむ熊野の権現夢の中のしめし給ひたりけるより、いとゞ歌のみ読みつゝ、そのもち月のきさらぎの比、つひに西のむかへにあづかりにき（日本歌学大系第四巻）

『野守鏡』によれば、西行は〈念仏〉のために歌を詠むことを差し控えていたが、熊野権現の託宣により、〈末の世でも変わらない和歌〉の力を諭されて（傍線部）、和歌を積極的に詠み始めたという。念仏を唱えることよりも和歌を詠むことを優先させよという熊野権現の託宣は重みがあろう。先に述べたように、和歌は、中世では神祇と深い関わりがあるものとして認識されていた。和歌を詠むこと自体が神祇との深い関わりを持つ行為であって、一遍のような聖たちが、和歌を詠む理由も神祇信仰と関わりがあることは改めて言うまでもないであろう。『野守鏡』自体は、一遍に対する批判の書でもあったが、〈和歌〉と〈念仏〉の関係は〈神〉と〈仏〉の関係という明確なビジョンを示したのは他ならぬ一遍であった。この『野守鏡』に引用される箇所は以下にあげる新古今和歌集からのものである。

寂蓮、人人すすめて百首歌よませ侍りけるに、いなび侍りて、熊野にまうでける道にて、なに事もおとろへゆけど、この道こそ、世のすゑにかはらぬものはあれ、なほこの歌よむべきよし、別当湛快三位俊成に申すと見侍りて、おどろきながら、この歌をいそぎよみ出して、つかはしけるおくに、かき付け侍りける

するゑの世もこの情のみかはらずと見し夢なくはよそに聞かまし（雑下・一八四四）

この歌は新古今集に撰ばれているところからも、当時、和歌と神祇との関係性を語る作品として位置付けられ、流布していったはずである。熊野別当湛快が藤原俊成に末世にも変わらない和歌への信仰を説いている不可思議な夢は、『野守鏡』のように、熊野権現そのものを象徴し、俊成は当時の歌壇の代表者として現れた。神仏の夢告譚という形式を持っていて、説話的な色彩を帯びる不思議な歌であり、『梁塵秘抄口伝集』巻第十において、後白河院が、永暦二年（一一六〇）の熊野初度参詣の折、王子社にて今様を謡うことを躊躇していたところ、夢告にて今様を謡うよう啓示される例など、参詣の途上、夢告にて芸能を要求する熊野権現の性質を和歌に応用してつくりあげたものかと思われる。このシーンについては和歌にまつわる霊託の書として、繰り返し歌を詠む聖《ひじり》たちによって読み直されたであろう。

熊野参詣の途上でのことなので、西行自身はこれを熊野権現よりのメッセージとして捉えた。西行は末世における和歌への考え方を改めただけではなく、この出来事は、改めて神祇と和歌との関係性を追究するようにうながしたであろう。山本一氏は、西行がこの百首歌の依頼を受けたのが治承の頃だと推定されていて、この霊夢が、二見浦百首の勧進、そして両宮歌合の奉納へと西行を向わせる出来事になったと指摘する。(3) 首肯できる見解であろう。

もっとも西行における神祇と和歌との結びつきは、かなり早い段階から意識されていたと考えるべきであり、この歌自体は、神祇と和歌の関係性を貴族層にアピールするための西行独特の演出とも考えられる。しかしながら、たとえそうであったとしても、様々な宗教芸能および文芸が奉じられていた熊野権現によって和歌と神祇との関係を改めて明確に打ち出し、そして、両宮歌合では、そのアピールの場を熊野から伊勢へと移した。この「場」の変化の持つ意味は大きいはずである。「熊野」から「伊勢」へと、宗教にまつわる文芸の場を移そうとする西行の意識と新しい感覚に注目しておきたい。

西行と両宮歌合の意義とその意味するところについてはすでに別論に詳述している。(4) ここでは、詳細はそこに譲りながらもその一部を取り込み、そこでは触れることができなかった点を付加するかたちで述べてみた。

二　作者

両宮歌合の作者・編者は西行。俗名、佐藤義清。元永元年（一一一八）～文治六年（一一九〇）二月十六日、七十三歳。左衛門尉佐藤康清の息で、母は監物源清経女とされる。妻子については、その存在も含めて不明。藤原秀郷の九代目にあたり、重代の武家の家柄であった。保延元年（一一三五）に成功により兵衛尉（『長秋記』七月二十八日条）に任官。鳥羽院の北面の武士として仕え、また徳大寺家の家人であった。二十三歳にて出家・遁世を遂げ、西行、また円位と名乗る。その生年・階層・出家年は、以下の藤原頼長の日記『台記』永治二年（一一四二）三月十五日条のによって知られる。

……又余問レ年、答曰、廿五去々年出家、廿三、抑西行者、本兵衛尉義清也左衛門大夫康清子、以二重代勇士一仕二法皇一、自二俗時一入二心於仏道一、家富年若、心無レ愁、遂以遁世、人歎二美之一也

出家・遁世の理由は記されず、後の伝承として高貴な女人への失恋や友人の急死など様々に語られるがその理由は不明であって、若く富貴な者の唐突で不可思議な行為こそが周囲の人々を歎美させた。出家後は、和歌を詠む遁世の聖として生涯を過ごした。高野山や都を拠点としながら、陸奥・吉野・大峯・熊野・厳島・白峰・伊勢神宮とい

った日本全国の霊所・聖地を巡礼・遊行してまわった。

西行が、高野山から伊勢に移住したのは、福原遷都のことを伊勢にて聞いて歌を詠んでいるところから、治承四年（一一八〇）頃と考えられている。その後、両宮歌合の編集、陸奥への東大寺沙金勧進の旅を経て、文治六年（一一九〇）二月十六日未時に示寂した。河内国弘河寺がその場所として有力視される。藤原俊成の『長秋詠草』にある「年のはて此京にのぼりたりと申ししほどに、二月十六日になんかくれ侍りける」との記述からは都にての死も想定され、今少し不明確な点を残す。また西行の塚が全国に十数カ所も残るのはその死に場所についての確証のなさにも起因する。

三　成立時期と構成

成　立

文治元年（一一八五）、平家による焼き討ちで焼失した東大寺の大仏開眼供養が行われ、翌、文治二年（一一八六）にそれと深い関わりがある宗教行為として、重源と東大寺衆徒による伊勢神宮への参詣があった。僧侶の参宮を禁忌としていた神宮が、これを受け入れるに至ったのである。西行もこの時期、重源の委嘱により東大寺再興のための沙金勧進に陸奥へ赴き、この動きとは無関係ではなかった。両宮歌合が成立した時期もこの奥州への沙金勧進の前後であったため、南都の復興と東大寺の再興が、神宮と結びつけられながら成し遂げられる行為と、本歌合の編纂が関係があるのではないかとする説は有力である(5)。

両宮歌合の編集と判詞の依頼の時期については、奥州平泉への行脚前後であろうと言われているが、成立に関する具体的な資料としては、以下の藤原俊成『長秋詠藻』の記述が参考にされている。

円位ひじり歌共を伊勢内宮の歌合とて判うけ侍りし後、又同外宮の歌合とて、思ふ心あり、新少将にかならず判してと申しければ、しるしつけて侍りけるほどに、其年（去年文治五年）河内ひろかはといふ山寺にてわづらふことありと聞きていそぎつかはしたりしかば、かぎりなくよろこび、つかはして後すこしよろしとて、年のはて此京にのぼりたりと申ししほどに、二月十六日になんかくれ侍りける、

この記述からは、まず御裳濯河歌合の判依頼が先行していたこと、その後、藤原定家に宮河歌合の判を依頼したこと、そして定家の判が西行の許に着いたのは文治五年の中頃から後半ほどであったことがわかる。定家は、宮河歌合の跋文の冒頭において「神風宮河の歌合、勝ち負け記しつくべき由侍し事は、玉櫛笥二年あまりにもなりぬれど」と二年間のブランクがあったことを記しているので、定家への判依頼は文治三年の中頃から後半かと思われる(6)。西行は、文治二年に陸奥の平泉に赴いているので、判の依頼はその帰洛後と考えられるが、宮河歌合の結番については帰洛後ではなく、陸奥へ赴く前にすでに完成していたとも言われている。このあたり両説あるが、文治二年という時期に西行は、藤原定家・藤原家隆・慈円といった御子左家の新鋭歌人たちに「二見浦百首」を勧進していて、和歌を伊勢神宮と結びつけようとする行為をかなり意識的に行っており、東大寺再興の時期や重源および東大寺衆徒の参宮といった伊勢をめぐる宗教的状況を考えると、文治二年の陸奥行脚前に伊勢という土地ですでに宮河歌合も結番していたと考える方が自然であろう。両宮歌合には、「年たけて又こゆべしと思ひきや命なりけりさやの中山」（新古今集・九八七）、「風になびく富士の煙の空に消えてゆくへも知らぬ我が心かな」（新古今集・一六一五）といったこの時に詠まれたとされる代表歌が漏れていると言われることも参考になる。宮河歌合が伊勢での結番、陸奥

から帰還後の定家への判依頼という過程をたどったと推測するならば、御裳濯河歌合の結番と判依頼は、文治元年あたりになろうか。神への奉納和歌という行為は両宮歌合以前からも存在したが、伊勢神宮という巨大な宗教組織と和歌との関連付けは、西行が聖《ひじり》として活躍していたからこその発想であり、その生涯の最後に意図した大きな刺激的行為であった。

構成

伊勢大神宮（天照大神を祀る内宮と、豊受大神を祀る外宮からなる）に奉納された自歌合である。それぞれの聖域を流れる河の名から御裳濯河歌合、宮河歌合と称す。また宮河歌合は、続三十六番歌合と称した。自歌合というかたちをとって霊社に奉納するのは和歌史上はじめての試みであり、慈鎮和尚自歌合など、以後の自歌合の規範となった。両宮歌合とも三十六番七十二首の構成。西行のそれまでの全作歌行為の総合的・象徴的意味を持つと考えてよい。なお「三十六」という数字は、「三十六歌仙」など和歌では特別な数字として認識されていたとされる（西行の山家心中集も三六〇首の秀歌撰）。

御裳濯河歌合の基本的構成は、まず一番から十番まで、それぞれ左が桜の歌を、右が月の歌を番えている。十一番から十三番が春の歌、十四番から十六番が夏の歌、十七番から二十一番が秋の歌、二十二、二十三番が冬の歌、二十四番から二十八番が恋の歌、二十九番から三十一番が雑の歌で、三十二、三十三番が釈教・仏法の歌、三十四番が賀歌、三十五番が雑と賀の歌、三十六番が神祇歌という構成になっている。なお一、二番については神祇歌でもある。また一番歌と、その判詞の間に、俊成による長文の序が付けられている。

宮河歌合は、一番が神祇歌、二番から四番までは春の歌、五番から十番までが桜の歌、十一番から十六番までが月の歌、十七番から二十番までが秋の歌、二十一番から二十三番までが夏の歌、二十四、二十五番が冬の歌、二十六番が秋の歌、二十七番が旅の歌、二十八番から三十番が雑の歌、三十一番が無常の歌、三十二番が王の哀傷歌、三十三番が月に寄せる述懐歌、三十四番から三十六番が恋の歌となっている。勅撰集のような春夏秋冬の順になっていないように、その構成は御裳濯河歌合と較べると雑然としている。また御裳濯河歌合の巻頭・巻末、宮河歌合の巻頭と、重要な箇所には神祇歌を配置していたが、宮河歌合の巻末は救済のない愛欲にまつわる罪業の歌で終わっている。なお三十六番歌の判詞の後に、定家による長文の跋文が付されている。(7)

宮河歌合は、釈教や仏法の歌もなく、終わりに近づくほど、王の崩御や天変地異のような末の世を意識させる配列になっている点が注目されるが、これは御裳濯河歌合の冒頭が世のはじめを意識した構成になっていることと対応しているものと思われる。末法の世を想う時に呼び覚まされる神祇の時空での始原の記憶という時間軸がその構成の背景にあるという点をここでは指摘しておきたいと思う。

四　諸本

御裳濯河歌合

御裳濯河歌合諸本については、これといった善本が特定できない状況にある。寺澤行忠氏の『西行集の校本と研究』（平成十七年・笠間書院）では、御裳濯河歌合の諸本を、①歌合奥の記載がないもの（第一類本）、②俊成・西行の贈答歌群(8)（そのほとんどは『長秋詠藻』による）を有するもの（第二類本）、③俊成・西行の贈答歌群の後に、『古今著聞集』の内容に基づく記述(9)を持つもの（第三類）、④③までの内容に作者および判者名を持つもの（第四類本）、⑤混態本（第五類本）、というように分類している。

ここでは、このような分類を参考にして、第一類本の中から、久保田淳氏編『西行全集』にも使用されている内閣文庫蔵本（二〇一─二五五　江戸初期写）を底本に使用した。また、第二類本から新編国歌大観の底本ともなった中央大学国文学研究室蔵の伝飛鳥井雅綱筆本（飛鳥井雅章奥書による。室町末期書写か）を、第三類本からは「延文二年五月十九日　書写了」の奥書を持つ永青文庫蔵本（文禄・慶長の頃書写か）をそれぞれ校本として用いた。

宮河歌合

宮河歌合は、御裳濯河歌合とは異なり、比較的善本を特定しやすい状況にある。寺澤行忠氏の『西行集の校本と研究』を参考にすると、宮河歌合は、おおよそ以下のように分類できるとされる。

第一類本

①内題「続三十六番歌合　宮河の歌合ともいふべし」

②勝負付無し　③巻末に定家贈歌のみ

第二類本

①内題「続三十六番　宮河歌合」の後に作者名・判者名

②勝負付無し　③巻末の定家贈歌に西行返歌が加わる。

④「文治五年八月日書写之清書伊経朝臣云々銘左大将殿」の奥書あり。

第三類本

①内題「宮河歌合」
②勝負付有り。③巻末の定家贈歌に西行返歌が加わる。
④巻末に作者名・判者名あり。
第四類本
①内題「宮河歌合続三十六番」
②勝負付有り。
③巻末の定家贈歌に西行返歌が加わる。
④巻末に作者名・判者名、及び第二類本に見られる奥書あり。
第五類本
混態本
この寺澤氏の分析を基にして、ここでは、第一類本に分類される本の中でも古態を留めているとされる東京大学国文学研究室蔵本を底本（中世―一一―一七―二　室町末期書写か）として、第二類本からは書写年代が最も古い永青文庫蔵本（文禄・慶長の頃書写か）、第三類本からは、飛鳥井雅綱筆（飛鳥井雅章奥書による。室町末期書写か）の中央大学国文学研究室蔵本（新編国歌大観底本）をそれぞれ校本に用いた。なお五月女肇志氏『宮河歌合』考（『藤原定家論』笠間書院・二〇一一）についても参考にした。

注

（1）　伊勢をめぐる中世神話については、山本ひろ子氏『中世神話』（岩波新書・一九九八年）が詳しい。

（2）平田英夫「西行両自歌合構想に関する一試論　―「流れ出でて」の歌を中心に―」（『国文学研究』早稲田大学国文学会・二〇〇〇年六月・131集）といった論考などで検討を試みたことがある。

（3）山本一氏「西行における神―和歌勧進への態度をめぐって―」（『国文学　解釈と教材の研究』学燈社・一九九四年七月）。

（4）平田英夫「円位聖と両宮歌合―世のはじまりを思う詩想―」（『隔月刊　文学』「特集　和歌のふるまい」岩波書店6巻4号・二〇〇五年七月、八月）。

（5）阿部泰郎氏「聖なる声―日本古代・中世の神仏の声と歌」（『言語と身体　―聖なるものの場と媒体』岩波講座　宗教5巻・二〇〇四）。なお東大寺衆徒の参詣と西行の作歌活動との関わりは、近本謙介氏「文治から建久へ―東大寺衆徒伊勢参詣と西行―」（『巡礼記研究』第三集・巡礼記研究会・二〇〇六年九月）に詳しい。

（6）なお以下の『拾玉集』（五一五一）の左注からも宮河歌合の成立事情は考えられている。

その判の奥書に、ひさしく拾遺にて年へぬるうらみなどをほのめかしたりしに、其後三十日にだにもたらずやありけむに程なく少将になりたれば、ひとへに御神のめぐみと思ひけり、上人も判を見て、このめぐみにかならずおもふ事かなふべしなどかたりしに、ことばもあらはになりにけり、上人願念叶神慮かとおぼゆる事おほかる中に、これもあらたにこそ

藤原定家が、左少将になったのは、文治五年十一月十三日であり、「其後三十日にだにもたらず」少将になったとの記述からしても、判詞の完成は文治五年十月中頃となり、判詞の依頼は、その二年前の文治三年十月中頃となる。

（7）西行の両宮歌合の配列・構成については、山田昭全氏『西行の和歌と仏教』（明治書院・一九八七）、辻勝美氏「西行法師自歌合考―構成の問題を中心に―」（『論集　西行』笠間書院・一九九〇）、萩谷朴氏『平安朝歌合大成』四（増補新訂・同朋舎・一九九六）等に詳しい。

（8）西行と俊成との間にて交わされた贈答歌を以下に掲載する（中大本）。

まことや此歌の始めにも、枝の松にと侍るは愚和可献にやとて有注歟藤原元は大中臣なりしにや

藤波もみもすそ川のすゑなればしづえもかけよ杉のもゝゑに

契りおきし契りのうへにそへおかん和歌のうら路のあまのもしほ木
此道のさとりがたきを思ふにもはちすひらけばまづたづねみよ
　　返し　是押紙也
和歌の浦にしほ木かさぬる契りをばかける玉もの跡にてぞみる
さとりえて心の花し開けなばたづねぬさきに色ぞそむべき

（9）西行が、両宮歌合を家隆に託し、その後、小宰相に伝えられたという『古今著聞集』の内容に基づく記述を永青文庫蔵本にて以下に示す。

古今著門集云
清書慈鎮和尚西行老後付属于
家隆卿其後少宰相局相伝云々

参考文献

西行和歌の研究史・注釈史において言及しなければならないものは数多いが、ここでは注釈や諸本の解題・本文の校訂にあたって特に参考にした西行関連の文献を出版年代順に記した。

全般

窪田空穂『新古今和歌集評釈』上・下（東京堂・一九三二—三三）
窪田章一郎『西行の研究』（東京堂・一九六一）
久保田淳『新古今和歌集全評釈』全九巻（講談社・一九七六—七七）
松野陽一『山家集』〈鑑賞日本古典文学17〉（角川書店・一九七七）
久保田淳『西行山家集入門』（有斐閣・一九七八）
目黒徳衛『西行の思想史的研究』（吉川弘文館・一九七八）
後藤重郎『山家集』（新潮日本古典集成・新潮社・一九八二）
久保田淳『山家集』〈古典を読む6〉（岩波書店・一九八三→『久保田淳著作集第一巻』（岩波書店・二〇〇四）に再録）
久保田淳編『西行全集』（日本古典文学会　貴重本刊行会・一九八二）
佐藤恒雄「「御裳濯河歌合」と「宮河歌合」—俊成・定家の判詞から—」（国文学三〇巻四号・一九八五、四）
山田昭全『西行の和歌と仏教』（明治書院・一九八七）
和歌文学会編『論集　西行』（笠間書院・一九九〇）
近藤潤一『山家心中集』（新日本古典文学大系『中世和歌集　鎌倉編』岩波書店・一九九一）

久保田淳『草庵と旅路に歌う　西行』〈日本の作家16〉（新典社・一九九六）
山本ひろ子『中世神話』（岩波新書・一九九八）
武田元治『西行自歌合全釈』（風間書院・一九九九）
久保木秀夫「伝鴨長明筆『伊勢滝原社十七番歌合』断簡―西行最晩年の自歌合『諸社十二巻歌合』か―」（国文学研究資料館紀要26・二〇〇〇、三→『中古中世散佚歌集研究』（青簡舎・二〇〇九）に再録）
高城功夫『西行の研究　伝本・作品・享受』（笠間書院・二〇〇一）
西澤美仁『西行研究資料集成』（クレス出版・二〇〇二）
西澤美仁・宇津木言行・久保田淳『山家集／聞書集／残集』（和歌文学大系21・明治書院・二〇〇三）
阿部泰郎「聖なる声　―日本古代・中世の神仏の声と歌」（『言語と身体―聖なるものの場と媒体』岩波講座　宗教5巻・二〇〇四）。
稲田利徳『西行の和歌の世界』（笠間書院・二〇〇四）
寺澤行忠編『西行集の校本と研究』（笠間書院・二〇〇五）
久保田淳『新古今和歌集』上・下（角川ソフィア文庫・二〇〇七）
西澤美仁『西行　魂の旅路』（角川学芸出版・二〇一〇）

御裳濯河歌合

窪田章一郎「御裳濯川歌合の研究」〈槻の木〉（一九三五、一～一九三七、四）
萩谷朴（文治五年十一月以前）「西行三十六番御裳濯河歌合」四（増補新訂・同朋舎・一九九六）
井上宗雄「御裳濯河歌合」（新編日本古典文学全集『中世和歌集』小学館・二〇〇〇）

宮河歌合

窪田章一郎「宮川歌合の研究」〈槻の木〉(一九三七、六〜四一、九)
萩谷朴(文治五年十一月以前)「西行続三十六番宮河歌合」四(増補新訂・同朋舎・一九九六)
井上宗雄「宮河歌合」(新編日本古典文学全集『中世和歌集』小学館・二〇〇〇)

初句索引

両宮歌合の初句索引を歌番号によって掲出する。なお掲出初句の表記は、歴史的仮名遣いにより平仮名にて記した。

（御＝御裳濯河歌合　宮＝宮河歌合）

あとがき

西行の作歌活動を象徴するような歌が多数入る両宮歌合については、一首ごとの歌の研究史だけでも多くの積み重ねがあり、本来であれば、そのような研究史を丹念におさえての読みを提示していくべきかと思うが、限界があり、限られたものしか触れることができなかった。また「贈定家卿文」や「諸社十二巻歌合」にかかわる問題といった両宮歌合を西行がつくるにあったての周辺資料についても十分な目配りができているとも言い難い。気になっていた、久保木秀夫氏が『国文学研究資料館紀要』26（二〇〇〇年三月）にて紹介した、伝鴨長明筆『伊勢滝原社十七番歌合』断簡についても触れることができなかった。宮河歌合については最善本の一つを紹介できた意義はあると思うが、諸本や書誌学的な説明となると十分に成し得なかったことは心残りかと思う。寺澤行忠氏の『西行集の校本と研究』（笠間書院・二〇〇五年）によるところも大きかった。以上、まずは反省の弁である。

早稲田大学大学院博士後期課程に進学して西行の研究に取りかかった。特に西行の詩的感性の源に神祇や始原への幻影があることに着目して、伊勢大神宮外宮にまつわる中世神話と宮河歌合一番歌との関連性に言及する論考を発表したりしていた。そのような中でこのように西行の両宮歌合の注釈をするきっかけとなったのは、皇學館大学神道研究所の公開シンポジウム「神祇信仰と新古今時代」（二〇〇四年一二月一一日）の報告者の一人として、「両宮自歌合と西行　―世のはじまりを思う詩想―」という題にて話をさせていただいたことにあるかと思う。伊勢の地でのシンポジウムは内容的にも刺激的であった。おそらくこのことがなければ今回の注釈という作業には至らなかったかと思う。シンポジウムに参加できる機会を与えてくださった深津睦夫氏には感謝したいと思う。そして大学院生時代から西行と神祇との関連性に着目した論考について励まし叱咤してくださっていた浅田徹氏にも感謝の意を表しておきたい。また最初にこのお話しをいただいて、その途中で博士論文を提出したこともあってかなりの時間を費やしてしまった。辛抱強くお待ちいただいた編集委員の方々に深謝申しあげる。

二〇一二年二月

平田英夫

平田英夫（ひらた・ひでお）

1968年２月17日生。熊本県出身。熊本大学卒。早稲田大学大学院文学研究科博士後期課程、早稲田大学文学部助手を経て、現在、藤女子大学准教授。文学（博士）。
論考に、「人の捨て場を詠む―西行「蓮台野」歌をめぐって―」（『国文学研究』138号・2002.10）、「円位聖と両宮歌合―世のはじまりを思う詩想―」（『隔月刊　文学』「特集　和歌のふるまい」岩波書店・６巻４号・2005.7-8）、「〈笙の岩屋〉の形象―西行の宗教をめぐる歌のつくり方―」（『日本文学』７月号・2008.7）等。

新注和歌文学叢書　11

御《み》裳《も》濯《すそ》河《がわ》歌《うた》合《あわせ》 宮《みや》河《がわ》歌《うた》合《あわせ》 新注

二〇一二年三月三一日　初版第一刷発行

著　者　平田英夫
発行者　大貫祥子
発行所　株式会社青簡舎
〒一〇一-〇〇五一
東京都千代田区神田神保町二-一四
電　話　〇三-五二一三-四八八一
振　替　〇〇一七〇-九-四六五四五二

印刷・製本　株式会社太平印刷社

ISBN978-4-903996-53-0 C3092